深 水

EVERYTHING UNDER

〔英〕黛西·约翰逊 著
邹欢 译

上海文艺出版社

致我的外祖母克里斯汀和祖母锡达

我们的出生地回来了。它们伪装成偏头痛、胃痛和失眠。出生地带给我们的某些感觉，就像我们有时感到正往下跌落而醒来，摸索着床头灯的开关，确信所有我们构造的东西在夜里消失了。对我们的出生地来说，我们变成了陌生人。它们认不出我们，但我们将一直认得它们。它们是我们的骨髓；它们融入我们的体内。如果我们里外翻转，会发现皮肤的里层刻着地图。这样一来，我们便可以找到回去的路。不过，刻在我皮肤里层的不是运河、铁轨和驳船，而始终是你。

| 一　越过疆界 |

|农舍|

　　直到现在，也不知从何说起。对你来说，记忆不是一条线，而是一串串让人糊涂的圆圈，不断收拢再退去。有时候，我真想打人。如果你还是十六年前的那个女人，我想我能打你：打到你说出事实。现在，这是不可能的了。你太老了，打也无济于事。记忆仿佛黑暗中的碎玻璃酒杯一闪而过，然后消失不见。

　　退化正在发生。你忘记把鞋脱在哪里，而鞋就在你脚上。你一天打量我五六次，问我是谁，或叫我出去，出去。你想知道自己是怎么到的这里，到我家里。我一遍又一遍地告诉你。你忘记你的名字或者卫生间在哪里。我开始在厨房的餐具抽屉里摆上干净的内衣裤。我打开冰箱，看到了我的笔记本电脑，还有手机和电视遥控器。半夜三更，你大声唤我，而我跑来后，你问我来干什么。"你不是格蕾特尔。"你说道,"我的女儿格蕾特尔是个野丫头,还很美。你不是她。"

有几天早晨,你清楚记得我们俩是谁。你把厨房工具满满当当地摆到料理台上,做丰盛的早餐,每样菜色都放上四瓣蒜瓣,放尽可能多的芝士。你支使我在我自己的厨房做这做那,叫我洗碗或擦窗,天啊。那时候,退化慢慢开始了。你忘记锅里在煎东西,薄饼焦了;水漫出水槽,流到地板上;一个词卡在你的嘴边,你吞吞吐吐的,想说却说不出来。我给你放洗澡水,我们手牵手上楼。这些是短暂的、几乎不能承受的平和时刻。

如果我真的在意你,我会为了你好,送你去养老院。印花窗帘,每天定时用餐,你的同类人。老人家是一个独特的群体。如果我真的还爱你,我会把你留在那里,而不是接你过来。在这里,白天短得很,几乎没什么值得谈论的;在这里,我们无休止地挖掘,掘出本应埋葬的东西。

偶尔,我们发现昔日的话语悄悄回来了,我们回到往昔。仿佛一切从未改变,仿佛时光并不匆匆。我们回到过去,我十三岁,而你依然是我糟糕的、奇妙的和可怕的母亲。我们住在河上的一艘船里,我们说着别人都懂的语言。我们有只属于自己的语言。你告诉我,你能听到水在挨拂①;我答道,我们离

---

① Effing along,据作者,eff 或与 faff(无事忙乱)有关。文中所有的自造词,都有各自的发音特点,有些在英语中有词源,用以表达特定的意思。

河很远，但我有时也能听到。你告诉我，你要我离开，你需要一些嘘烟时间①。我对你说，你是个哈比蠢货②，而你会生气或者笑出眼泪。

一天晚上，我醒来，听到你不停地尖叫。我轻步走过走廊，敲开你的门，打开等。你正坐在狭窄的备用小床上，床单直拉到下巴处，嘴巴张着，你在哭。

"怎么了？出什么事了？"

你看着我。"波纳客来了。"你说道。有那么一刻——因为是晚上，而且我刚醒——我感到体内升起一股令人眩晕的恐慌。我把它甩开。打开衣柜，给你看里面是空的；扶你下床，好让我们一起蜷缩着看看床下，接着站到窗边，向外凝视黑暗。

"那里没有东西。你该睡了。"

"它在这里，"你说道，"波纳客在这里。"

大多数时候，你冷漠地坐在扶手椅上打量我。你以前从没得过湿疹，但现在手上的湿疹严重，你龇牙咧嘴地抓。我想让你舒服些，但——我现在记起你这点了——你讨厌舒服。你不喝我给你端的茶，不肯吃东西，不怎么喝水。我拿着枕头靠近你，你把我扇开。"别管我，你好烦，消停点吧。"我的确这么

---

① Sheesh time，据作者，sheesh 或与 shisha（水烟）有关。
② Harpiedoodle，据作者，harpie 或与 harpy（希腊罗马神话中半人半鸟的怪物）有关，而 doodle 一词本身就有"蠢货"的意思。

做了。我坐在小木桌前，面对扶手椅上的你，听你说话。你有一种气势汹汹的持久力，它一刻不停地带着我们通宵达旦。偶尔，你会说"我要上厕所"，你从椅子里站立起来就像一个吊唁的人从墓前起身，双手扫着裤子上无形的灰尘，裤子是我借你穿的。"我要过去了。"你会这么说，接着严肃地走向楼梯，转身瞪我，仿佛在说我不能一个人继续，这不是我的故事，我必须等你回来。楼梯走到一半，你告诉我一个人必须和自己的错误共处。我买了好几本笔记本，我翻开其中一本，记下所有我记得的事。你的话语在纸页上近乎祥和，不知怎的卸下了武装。

我一直在思索我们记忆的足迹，它的足迹是否保持不变，或者在我们重写时会渐渐改变。记忆是否和房屋、悬崖一样稳定，或者会迅速腐坏，被替代，被覆盖。我们记得的一切都是传承而来，经过思考的，向来不是现实中原本的样子。这让我焦虑难安。我永远不会真正知道发生了什么。

当你身体状况好的时候，我带你去野外。这里曾经有绵羊，而如今只有稀疏到露出白垩的草地，一块块的山丘从大地的肋骨上隆起，一条小溪从土里涌出，羞答答地沿着山坡流淌。每隔几天，我就会说锻炼能治病，我们爬到山顶，汗涔涔、气喘吁吁地站在山顶，接着下山走向小溪。只有在那时，你才停止抱怨。你在水边蹲下，双手浸入冰冷的水流，触到底部的岩石。

"人啊,"你有一天告诉我,"在水边长大的人和其他人不一样。"

"什么意思?"我问道。可你不愿回答,或者已经忘了自己开口说过话。不过,我没忘,有个想法陪我度过了那天平静的夜。我想的是,我们由我们的地貌定义,我们的生活由山丘、河流和树木决定。

你心情不好。你闷闷不乐到天黑,然后砰砰地在屋子里走来走去,想找比清水更烈的东西喝。"在哪里?"你大叫道,"在哪里?"我第一次在河边找到你,把你带到这里时,就把橱柜清空了,你以后喝不到了——我没告诉你这些。你一屁股坐到扶手椅上,生闷气。我给你做吐司,你把盘子里的吐司掀翻到地上。我在一个抽屉里找到一副纸牌,你像看疯子一样看着我。

"我搞不懂,"我说,"你想要什么?"

你起身,用手指着它。我看到你的双臂在颤抖,因为力竭或愤怒。"我不会每次都他妈让步的。"你说道,"我跟你说的已经够多的了。所有那些事。所有关于我的那摊烂事。"你张开五指用力拍打扶手椅,"这次换你来说。"

"好吧。那你想知道什么?"我坐到扶手椅上。你的余热让它发烫。你偷偷缩到墙边,拉扯你穿到屋里的防水外套的袖子。

"告诉我,你怎么找到我的。"你说道。

我仰头,双手紧握,紧到我能感受血液的偾张。听到你发问,这几乎让我舒了一口气。

这是你的故事——一些谎言，一些捏造——这也是那个不是我父亲的男人的故事，马科斯的故事，他一开始，是马戈特——再一次，道听途说，拼凑猜测——这个故事，最终——最糟的是——也是我的故事。这是我的开端。这是在一个月前，我如何找到了你。

|寻人|

　　这是六年来我第一次见你,上次见是我踏上那辆公交车的时候。初夏时,通往农舍的路坑坑洼洼,坑里满是蛙卵,而现在八月过半,那里已经没有什么生机。此处是在另一种生活里漂浮着的一艘船。那个月里,墙面泛出潮湿的轮廓;山风忽起,烟囱像咳嗽一样咳出鸟窝、碎蛋壳和猫头鹰的粪球。小小的厨房里地面歪斜,如果在一头放上一颗球,它能滚到另一头去。没有一扇门能关严实。我三十二岁了,在这里已经待了七年。在澳大利亚,人们会说这是越过了文明的疆界。在美国,人们会说这是到了边远的荒蛮林区或乡下小镇。这些其实都意味着:我不想让任何人找到我。我明白这是我从你那继承来的性格。我明白你一直想把自己掩埋起来,好让我找不到你。苹果掉落

在树的不远处。我在公交车上，还有一个半小时到牛津，也就是我工作的地方。除了邮递员，没人知道我住在这里。我保护着自己的孤独。我给它腾出空间，就像他人给他们的宗教或政治观点腾出空间；宗教和政治都不曾帮助我。

我靠更新词典的词条过日子。整整一个星期，我都在做 **break** 的词条。餐桌和地板上散落着索引卡。这个词很难对付，无法简单地定义。但这类词恰恰是我最喜欢的。它们好比耳虫，一首萦绕耳边以至你忘不掉的曲子。我总是把它们插进其他句子里。**破译密码。破解暗示。中断。**我翻遍整个字母表，翻完后它会有些变化、移位。我对你的记忆也是如此。更年轻些的时候，我一遍遍回忆，想找出细节、特定的颜色和声音。然而，每次回顾一段记忆，它都会有些许不同，我从而意识到我分不清哪些是我的臆想哪些是确实发生过的。在那之后，我停止了记忆，转而开始忘却。我总是更擅长后者。

每隔几个月，我会给一所所医院、太平间和警察局打电话，问他们有没有见过你。过去十六年中，出现了两次短暂的可能：一个船民社群遭到袭击，其中有一位女性符合我对你的描述；两个孩子说在树林里见到了一具尸体，但结果他们在说谎。我在街上看到的其他女人的脸上，再也看不出你的踪迹，给太平间打电话成了一个习惯。有时候，我觉得我坚持这么做是为了确保你不会再回来。

那天早上，我在办公室里。空调风速被调得太高，每个人都穿着套头衫，戴围巾和无指手套。词典编撰者是特立独行的一类人。冷血，思维缓慢，仔细斟酌自己的句子。在我的书桌上——翻着索引卡——我意识到距上次我打听你的消息已经快五个月。最长的一次间隔。我拿起电话走到卫生间，给那些老地方去电。那么长时间过去了，我对你的描述也有了改变。白人女性，六十五岁上下，深色或灰白头发，五英尺一英寸高，十二英石重，左肩处有胎记，脚踝处有文身。

"我在想，"上次打给太平间时，那个人这么说道，"我们会不会等到这通电话。"

你总是看上去强大有力，仿佛生命不会终结，死亡。我提早下班。附近的道路在施工，公交车很久才驶出城区。我长得不像你，但在脏兮兮的窗玻璃上，我在自己脸上的棱角中看到了你。双手攥拳紧紧握住前排座位的横杆。当天晚上，我会打包行李，租一辆车，关掉水阀。第二天一早，我会开车去认领你的尸体。

到家时天已经黑了。我走去打开厨房里的灯，意识到自己在害怕——这么多年来从未这样害怕过——唯恐看到你站在那里。我的手放到水龙头下，直到水冒起热气。你比我矮，胯部宽，脚又小，有时候你会开玩笑说自己小时候绑过小脚。你不剪头发，头发又长又黑，头顶的头发毛躁。你时不时让我编发。**格蕾特尔，格蕾特尔，你的手指很灵活。**你会大笑出声。很长一段时间，我都忘了那种感觉。抚摸你头发的感觉。**你会鱼骨**

辫吗？不，不是那样的，再试一次。再来一次。

　　我尽力工作。**Break**，使分散成碎片。使变得或变得无法运作。我终会在某个早上，在太平间与你重逢。Dread（恐惧）一词也可以用来形容飞向天空的一群群鸟。一大群鸟涌上我的喉咙，从我裂开的下巴里倾泻而出。我打破了自己的规矩。有一瓶金酒塞在冰箱和墙壁的缝隙里。我把它扒拉出来。一个玻璃杯倒了三倍分量的酒。向你举杯。你在我的脑袋里说话，声音持续不断。我听不清你在说什么，只知道你在说话；句子有你的语调，词汇简单又生硬。我的牙齿咬紧杯沿。我闭上眼睛。一记响亮的拍击声，我的脸上感到了随之而来的风。我看见你在楼下通往院子的门口。你穿着那条橘色的旧连衣裙，腰部收紧，裙底露出小腿。你双手朝我伸来，手上沾满了泥巴。河流与你的左肩连通，在你身后变宽。那条河仍旧是我们住在那里时的样子：浑浊，近乎昏暗。不过，在厨房的地砖上，我能看到水中的生物忽地闪现，扎进水中，潜游。我再次打开水龙头，双手掬起热水。待我回头再看，你偷偷走近了些，脸颊两侧的黑色头发拖网似的包裹着杂草，厨房里里外外都是你那股老烟枪的气味。你剥了一个鸡蛋，剥开外壳露出光滑的白色球体。你拿着水管追着我跑，直到地上泥泞不堪，我们摔倒了，仿佛新生的种球。你从我的厨房门外看着我，河流在你背后发出哗啦声。你在干吗？你问道。这就是你最后落脚的地方吗？就这么挨拂着。

我穿上靴子，套上外套，戴上帽子，门也不关就冲了出去。外面有一片光污染和一轮银月。我走得太猛，过了不久就不得不停下歇歇，直喘气。我回头看，农舍的厨房窗口透出正方形的光。山丘上的一个黄色插座。是我忘记关灯了吗？我不记得。

　　我一直都明白，过往不会按照我们的意愿死去。过往向我们发出信号：夜里的咔嗒声和噼啪声，拼错的单词，广告语，对我们有或没有吸引力的肉体，令我们想起或这或那的声响。过往不是拖在我们身后的线，而是锚。因此，这么多年来，我才会一直找你，萨拉。不是为了找到答案，哀悼；不是为了怪罪你或陷害你。而是因为——很久以前——你是我的母亲，你离开了。

|寻人|

租了一辆红色的汽车。医院的格局几乎是一长条走廊。我走过妇科、呼吸科和单人病房。这里混杂着员工微波炉加热后的汤水、烤焦的吐司和消毒水的气味。太平间得往下走三层。我在门外踱步,不想进去。有一块告示板,上面有各种广告,找人遛狗的,免费赠送仓鼠的,仅售一百镑的全新自行车。空调坏了,人们站起来时,座位上会留下汗渍。勤杂工推着推车来来去去,他们或戴着耳机,或用手机打电话。我记不住看过的脸和尸体。我想到你曾说的词汇:酒、闪耀、烂泥。你闻起来是什么样的?我把手腕凑近鼻子。你一直都渴望并吝啬自己的时间和空间。即便你离开已经十六年了,即便我要去认领你的尸体,我仍旧想着不要踩到你的脚趾。一个勤杂工把推车推进了弹簧门,门

缝不大不小，正好能让我看清房间的一角，晃亮的荧光灯。

几年来，我和太平间的负责人在电话里聊过几次。他说话犹犹豫豫，话尾总是拖着问号。他谢顶了，脑袋发亮。他说我的长相和嗓音很匹配。我不知道那是什么意思。我长得不像你。你如岩石般棱角分明，充满魅力却也让人望而却步。告示板上有仙人掌的剪纸。我看着剪纸，他看到了，耸耸肩。

"它们很特别，你不觉得吗？它们不需要任何人照料。它们会在体内储水。"

我不清楚自己是怎么进来的。墙上嵌着一扇扇金属门，背后传来轻微的电台声，我不知道正在播放的是什么歌。他拉开一扇门，拉出托盘。一张蓝色的被单盖住了你。所有的空气都消失了。我能看到被单下面的轮廓：鼻子、髋骨。末端伸出的双脚看上去像蜡做的。一个脚趾上挂着一张标签，另一个脚趾上挂着一个铃铛。

"那是用来干吗的？"

他抬起一只手盖住他的头皮。他的双手很干净，但他薄薄的嘴唇边有食物的残渣。"其实没必要，"他说道，"一个怪癖而已。还没有心电图监测器的时候，挂铃铛是为了确保死者是真的死透了。我是个挺传统的人。"

"dead ringer[①] 肯定就是这么来的。"我说道。他看我的表

[①] 固定词组，指十分相似的人或物。此处是"我"的一个冷笑话，因为这个词组拆开来理解，dead 意为"死掉的"，ringer 的词根 ring 意为"铃铛"。

情我见过,当我像一部词典一样说话的时候,别人就会露出这副表情。我想告诉他,我开车去各种停放尸体的地方——藏骸所、尸骨存放所、墓穴,一路上想到了各种各样美丽的词汇。

"你要我倒数吗?三,二,一?"他问道,"有些人是这么做的。"

"不用。"

他把蓝色被单掀开至肩膀处。我感到胃痛,沿着发际线打起冷战。是你。但很快,我意识到自己错了。她的发色——的确——和你的一样,眼角和嘴角的线条,额头的形状也和你相似。但她的鼻子没你的大——你的鼻梁在我出生前就断过,因此有些歪——她肩膀上的胎记和你的颜色不一样,呈病态的紫色。

"你确定吗?"他听上去是失望的。太平间里失踪人口的遗体和旱季时运河里浮起的肿胀尸体一样多。他掀开被单底部,给我看文身,但那是新文的,针扎的地方看上去还隐隐作痛:一颗偏离中心的星星,一张地图,看不清是哪个国家的。我从来不清楚你文的到底是什么,你也不愿意告诉我。**即便是当妈的人也需要有秘密。**

"是的,我确定。"我说道。

从太平间回家的路上,我加了一次油,坐到一张木质的野餐凳上,边上是一堆堆报纸和烧烤用的火炭。所有东西的排列似乎都是错误的：汽车的金属门在热气腾腾的车道上闪耀。我的嘴里尝到一股酸味，涩涩的。我感觉双手和脸颊上的皮肤被擦破了。我精疲力竭，那一刻仿佛经历了不下十次，仿佛无论我到哪里，最后都会这样：在去认完尸体发现不是你之后，来到蒸腾的加油站。真不应该到处打电话找你。一个人脑袋里的古怪念头和拨号盘还是别去理睬的好。我从汽车储物箱里拿出一份地图。我想，或许我能认出上面的一些路标（我执着于书面文字），看了之后，我发现自己能认出来是因为这里离赛马训练场不远。我还以为它们还要开好几个小时才到，得开一整晚的车，但它们其实不远，一个小时不到的路程。这让我松了口气。原来，一直以来我离那里是那么近。我买了一条巧克力，坐在车里，决定接下来要干什么。还没撕开包装，巧克力就融化了。看起来——蓝色的被单掀开，露出那张脸——我是回不了家了。

在逼仄的一个拐角，我差点撞到一个蹿出来的东西，它平躺在路上，呈条形的颜色。我的脚用力踩刹车。我咬到自己的舌头，尖叫起来。看来我真的轧过了它。不管是什么。我下车。天很热。热得什么都做不了。我蹲下去看看车底。当我站起来后，一个穿紫色雨衣的女人朝我跑来。

"你撞到我的狗了？"她右边的脸皱缩着——可能是中风过——她有些口齿不清。我想接着上路，但她一把抓住我的手臂。"你撞到我的狗了?"

"我不知道。"我回答。

天那么热,可她的雨衣拉链拉到了下巴处。我们一起在车底找狗,接着去路两边的灌木丛里找。她不叫狗的名字,只是不停地吹口哨,但没有什么用。

"他不能吃东西,"她说道,"他在严格节食。我们必须在他吃到东西前找到他。他总是逃跑。"她把我当老朋友一样聊着,"他还小的时候就总逃跑。"

拐角处来了一辆车,差点和我的车撞上,车停在路中间。

"我找不到他。需要我送你到哪里吗?"

但她走了,费力钻过树篱,去到后方的沟渠。我能感到有关死者的词汇在嘴中聚集。我仍旧抱有希望,希望能在某处找到你,你蜷缩着,浑身冰冷,你的双脚指向不同的方向。

通往训练场的路坑洼陡峭,接着有一扇两道栏杆做成的门,两个穿紧身裤的女孩正翻爬过去,门后是停车场。训练场是我和你同住的最后一处地方,我和你同住的最后一间房。你还记得吗?那些周末打工的女孩过去常把掺有半瓶酒的可口可乐瓶沿墙码放,彼此站得很近;总有两个我们分不清谁是谁?她们中的许多人都操一口奇怪的聒噪的埃塞克斯口音,我从来没听懂过,单词的发音拉长,夹有 o 和 u 的重音。

一开始,我只在四周转悠,不出声。马场上正在上课,四个孩子骑在胖乎乎的小马驹上。我们那时候的老师是高个子，棕色直发，长长的指甲涂有指甲油。她的声音像雾角，但人很脆弱，常常打着石膏，吊腕带挂在脖子上。她不在了。

我蹑手蹑脚地沿着马场走。通向我们以前的房间的楼梯，有几级梯阶断了。我记得马场和马厩区之间有一条小巷，之所以记得是因为我常坐在最上方的台阶，张望着等你过来，你在高低不平的地上磕磕绊绊，一边咒骂一边扶墙。我一定早就意识到你会离开，我总是认为你有一天不会回家。**你在等我吗？真贴心。**你这么说道，但你的脸上总是另一副表情，仿佛脚手架般把说出的话包围起来。

我走回停车场。课上完了，那位老师过来问我是不是有孩子，还是想自己学。一节课十四镑。如果是我要学，费用会更高。我告诉她我年少时在这里住过，可她神色茫然，视线对着我的肩膀寻找逃跑的路线。

"我们租了楼上的房间。"

她耸耸肩。"他们现在不出租了。"

"我想让我侄女来试试，"我说道，"我可以看看场地的其他部分吗？"

我走到后方，朝田野走去。走上垄间，有个人正弯着腰干活。我钻过通电的围栏，向她走去。她正在捡锋利的石头，把它们扔出去。

"要帮忙？"她的手在裤子后面一擦。她的脖子上戴着一个小小的银饰,随着她的动作掉了出来。她比当年教课的女人要老,染成橘色的头发在分缝处褪色。我给她看了你的照片。

"我在找这个女人,她在这儿住过几年。就在训练场楼上的房间。"

她再一次擦手。接过照片。仔细看。"可能见过。"她拿起照片靠近我,噘起嘴,"我不确定。"

"你能再看看吗?"

"在训练场楼上?"

"就在那间房。她干些堆肥的活儿。有个小女孩跟着她。她的女儿。女孩刚来这里时大概十三岁。她不上学。到处乱晃。"

"我知道了。"

"什么?"

"是的。她总是在高处,看着下边难看的训练场和大片马厩。我记得她。她们两个我都记得。你为什么来打听?"

"我是她的侄女。家里人很久没见过她了。有人在遗嘱里给了她一笔钱。我得找到她。"

她用她的方下巴示意,下巴上沾着泥土,然后我们走下坡,进到活动房的厨房里。我任由她聊起她对你的印象,她对小女孩的印象,而她不知道我就是那个孩子。水槽里堆着茶杯,上面满是绿色的霉菌。沙发上有个十几岁的小姑娘在看杂志,一边喝着葡萄适。她说的话,有些我没印象,尽管我以为自己记得那段时光的一切。房间里曾经传出响亮的音乐,你有时教课,有时开运马拖车赶演出。这让我不安。我以为自己记得，但就连这些我都记岔了。我握拳敲击台面。

她把沸水冲上速溶咖啡粉。"我们没有糖，不过有一些果酱吐司饼干。"

"不用了。你后来还见过她吗？"我问道，我喝咖啡时，用牙齿扣住杯子。"她走之后？她回来过吗？"我的太阳穴突突跳着。

"我不知道。"

"可能回来过？"

她看我的样子，我看到后便明白自己说话太大声了。沙发上的女孩放下杂志，瞪着我们。

"这里的人来来去去的。再让我看看照片。"她用食指和拇指夹住，小心翼翼地，以免折了照片的边边角角。"梅拉尼？还有马厩要打扫呢吧？"

"做完了。"梅拉尼说道。

"别为了应付我撒谎。"

等到梅拉尼走开了，她才把照片还给我。"几年前有个女人。我不确定。"她摇摇头。

"接着说说。"我说道。

"我不知道。有可能是她。她待了两个小时，没什么人注意到她。我在午休时看到她的。她转悠到了田里，到了我们那里。我和她聊了两句，她不太对劲。"

"怎么了？"

"她低着头，似乎不想说话。我是说，她神志不太正常。她说话不完整，似乎不知道自己在哪里，不知道自己在这里做什么。附近有家老人院，我以为她可能是从那边来的，所以打电话叫了警察。可等他们到的时候，天黑了，她已经走了。可能不是她。总有人会走失，你知道的。"她看着我，"人们来来去去。可能那根本不是你要找的人。"

我沿着来时的路开车离开训练场，路上看到了那条狗。坐在路边。不好看，杂种狗，奇怪的长相，斑秃。我几乎就要开过去，但最终停下了，停车后狗还不愿意上来——来回踱步不让人靠近，露出白色的牙龈。等我把他弄上车后，他看上去心情不错。我从镜子里望着他，他端坐在中间的位置，回望我。**我不喜欢动物**，你在我的脑袋里说道。声音响亮得好比你就坐在副驾驶座上。**哪里找到的那畜生，就把它放回哪里。**

"我也不怎么喜欢狗。"我告诉他，而他闭上双眼，仿佛已经被这场对话耗尽了精力。

我开车在路上来回找他的主人，但一路上没有路标，几栋房子里都没人应声。我应该回去了。我应该已经到家，第二天就该上班。

我继续开，直到开到一条高速公路。狗从喉咙深处发出声音，真像人说话，我差点踩下刹车。他在后座来回走动，抬起腿又放下。我在下一个出口下去。小厨师、汉堡王、赛百味的灯光。狗在旅行小屋酒店的停车场里撒了尿。我太饿了。我买了薯片，靠着车吃。我记得曾听到过一个孩子在自己的欢乐儿童餐里吃到了一只蜥蜴，油炸的。我可能跟你讲过这样的故事，为了逗你笑。我看着一对夫妻在酒店门口吵架，他们张大嘴巴，挥动双臂。我跟着他们进去，问一间房多少钱。二十五镑，不含早餐，但在走廊尽头有一台自动贩卖机。在还没反应过来自己到底在干什么时，我已经进了房间。汽油味透过窗户飘进来。黄黑相间的地毯上的三角图案。下水口里的别人的头发。

　　一只生物在炎夏的空气里啪嗒走来，在走廊上悄悄行进，钻过房门，进到我的房间，钻到被子里，头枕在我的枕头上。我紧闭双眼。它有一股缓慢的、牛类动物一般的消化物的气味。床垫湿漉漉的，开始抽丝。我再度睁开眼，将水放满狭窄的浴缸，把狗锁在门外，入浴。我肯定睡过去了，因为我醒来时已经在水下。上方是模糊的浅紫色瓷砖，阴冷的金属花洒向下伸长脖子。我试着坐起来，但胸口有一股重量。我看着空气从我的鼻子和嘴中升起，双手向下按浴缸粗糙的底部，感到被那股重量压着，不让我起来。在缺氧的一片白色中，我明白了它是什么。它是我承诺过再也不去想起的东西。它是在最后的那个月里，在河上的东西。它的名字在我的嘴里，说不出来。我看到白星，喉咙泛起一股可怕的冰冷。

重量消失了。我爬起来不停咳嗽，水哗啦流到地板上，溢出紧闭的房门。我猛吸空气，吸得太多以至于感到它灼烧起来，我费劲地翻腾出来，双膝重重跪地。狗在嗥叫。我把脸颊贴着冰凉的地板，在那儿躺了很久。

|农舍|

我一直想起的事——当然——是你怎么离开我的。这是因为,你坐在扶手椅上说道,我自私又黏人。你告诉我说,我总是这样。你告诉我说,在河上,我就像帽贝一样粘着你,不停哭嚎,嚎到把树震倒才罢休。你有夸大的倾向。讲述你的故事,与其说是简单的录音,不如说是在挖矿。有时你静静听着。有时你打断我,我们两个各自的讲述汇合,重叠。

河上的事我记得的不多。我想,遗忘是某种形式的保护。我记得我们离开了自我出生以来就一直停泊的地方,也记得马科斯没有和我们一起离开。我记得我们开船顺流而下,停泊在一个新的城市,那座城市里会敲响钟声报时。我们在那里待了可能有一个礼拜；最多一个礼拜。一天，我刚醒就发现你已经收拾好背包和两只塑料袋。我想你根本没想过要锁住船。我当时明白我们不会回去了。那时我十三岁，所知道的一切仅限于那条船。仅限于你身边的东西。

我们坐在下船找到的第一张长凳上，你给我编麻花辫，编得又紧又疼，接着换我给你编。仿佛我们快要上战场似的。我能感到你在肌肤之下哼歌，电缆塔和发电站的电流流经你的身体。你身材娇小——如今你已经六十好几，变得更矮小了——但你任我爬到你的背上，让我挂在你身上走。

有那么两个月，我们住各式各样的青年旅店和家庭旅馆，还睡别人便宜出租的沙发位。我们从不长时间逗留。我们住不起。最后我们坐公交车，靠着油腻腻的窗户打瞌睡，司机赶我们走时才醒。

我们在赛马训练场住了三年左右。你变得大胆了，我这么觉得，被逼出来的。我们下了公交车，你开始挨家挨户敲门。有人说开马场的女人有时候会出租训练场楼上的房间，我们找到了那地方，打听房间的情况。我记得他们打量你的眼神。我们一个月没怎么睡觉和吃饭，衣服变得破破烂烂。你把烟凑近另一根烟点燃了。你一直在喝酒，身边总是带着一瓶，擦嘴的时候过度用力，有时嘴唇会流血。他们让我们住在那里，而我们则负责清理马厩。溜进附近的健身房冲澡。你偶尔在格雷格斯快餐店值班，把放久了的馅饼带回家。马匹用它们的黄牙嚼着干草。你不停地喝,一到早上便摇摇晃晃地找发圈,可发圈就绑在你的头发上;边打响指边回忆该怎么称呼每匹马、每个孩子和一个星期的每一天。我偶尔会把酒瓶藏起来,然后我们会吵架。"你胆子可真大,"你会说,"你怎么敢。"为了阻止你喝,不管酒瓶里装的是什么,我都会喝完,可你会重新把它灌满,让一道长长的、飞溅的液体落入瓶中。一夜之间,你的头发变得灰白。他们问我们要待多久,可你说你不知道。当时我并不觉得你丢人。我想我甚至还有些着迷。你就像一个布道者或是邪教领袖。随着你一边说话一边摆动一双小手,你发出一道强力的宽波光束,能把人吸进去。

我们共度的最后一晚,你告诉我我们要出去吃。我从没去过餐厅。你点了瓶红酒,给我斟了些,给自己斟了更多。你眼睛周围的皮肤沉沉的,皱纹布满了整张脸,延伸至脖子,再是双手。我不知道你当时穿的连衣裙是从哪里来的。

你说生日快乐,我看着你想确认你是否在开玩笑。你透过杯沿迎上了我的注视。

"今天不是我生日。"

你转动肩膀,不是耸肩,比耸肩更阴郁。"没关系。总有人是今天生日的,不是吗?我有话要跟你说。"

我只有十六岁。我们常常吵架,有几次我会打你或者你会打我。我们一个是硬石头,一个是硬地板。或许这就是你离开的原因。我想你从不认为家庭足以成为一条纽带，将人与人绑在一起。我当时不知道会发生什么，或许我本应该察觉到什么。你已经暗示了几个礼拜了，聊男人和他们的着装，笑嘻嘻的。

"你得小心点，"你说，"你不会想犯下让自己后悔的错误。知道吗？"

我点点头，可当时并不明白。我对性一无所知，除了你有时带回房间的精瘦男人，我听到的他们发出的声音以及你的默不作声。

你包里有一个避孕套，你拿出来给我看。你用牙齿撕开它。四处找了找能用的东西，只找到你刚一直用来吃东西的餐刀。餐刀的效果很糟糕。我看到收银台处的两个服务员盯着我们。邻桌的一个女人瞪大了眼睛，半路停下了要送进嘴的餐叉。你似乎毫不在意他们的眼光。刀戳破了避孕套。

"大致就是这样。"你做完后说道。你看了看能把避孕套放哪里，把它塞到了餐盘下面。

离开餐厅后，你带我去了一家酒吧，酒吧有一个正方形的舞池，四壁挂满了镜子，卫生间没有锁。你告诉吧台后的男人，说我从没喝过鸡尾酒，接着点了一轮。我一丁点儿没喝，怕醉了找不到回去的路。我站在一张摇摇晃晃的高桌边。桌面黏糊糊的。你跳了舞，大喊我是个假正经，前后摆动臀部，双手向上甩，接着张开，仿佛有什么东西从你上方掉了下来。你回来时，浑身汗湿，微笑着。

"裙子太紧了。"你说。我帮你解开了领口。你叹了口气，捏捏手臂。"我得告诉你马科斯的事。"

我摇头，朝你喊话，说我不想听。不管你要说什么，我不想知道。

"你真不想知道？"你仿佛突然酒醒了，粗糙的双手拢住桌上的我的手，接着用手指拍拍我的脸颊。我现在想知道，如果我让你告诉我你要说的事，你是否就不会离开。我不知道这是不是真的。

"我想，"你当我不存在似的说道，"我从一开始就应该知道的。"你说起你在水里看到的，说起河里的尸体和金属捕兽装置①。你说起波纳客。"是我们做的，"你不停说道，"你知道吗？是我们把它创造成那样的。"我双手捂住耳朵，直到你的声音湮没在音乐里。

我先上了公交车。我转过身，你还站在人行道上，当司机问你上不上车时，你说不上。透过月蚀般的车门：你仰起的额头，脸上的粉像石灰岩一样厚重，嘴上的唇膏几乎褪尽了。你的脸像月亮一样越来越细，直到门完全关上。

在那之后，我在马厩附近待了一阵子，我想他们之所以没

---

① Traps，同一个单词中文译法不同。格蕾特尔做的小的译作捕兽夹，用来抓波纳客的大的叫捕兽笼，这里用捕兽装置来笼统指代。

赶我走，是因为他们知道你走后我无处可去。有一个妈妈——这些妈妈妆容精致，神情担忧——上报了我的情况。我在系统里——和我同住的女孩子们是这么说的——待了一阵子，不停换房子住，换寄宿家庭，但人们的脸是相似的。我记不太清了。他们问起过你。不止一次。他们问我是否还有其他亲戚，能在我十八岁后照顾我的人。我说没有。他们问我知不知道你在哪。我说你死了。

待我长到可以离开的年纪之前，辗转了几个家庭。我去的学校破破烂烂，有一千多个学生，以前是体育馆的地方竖起了脚手架，没有球场只有泥地。许多孩子住在铁轨边的房车里。我不喜欢这里，不错过每个逃跑的机会。有一次我已经到了河边，可他们抓住了我。如果我回到了和你一起住过的河畔松树林，会想做什么呢？我不记得自己当时是怎么想的。我想我并没有什么计划。我想我之所以一直想回去，不过是肌肉记忆使然。

是语言——我们的语言——让我在学校受挫。我告诉一个老师我需要嘘烟时间，朝一个男孩大喊他是个哈比蠢货。这么多年来，你从未告诉过我这是你创造的语言，只适用于那时的我们。你从未提醒过我。过了一阵，其他学生开始注意到他们听不懂我用的词汇。他们用那些词回敬我，发音是错误的，在走廊上或在教室里朝我喊。他们开始叫我"老外"或是"瞎编"——她不说英语，英语配不上她所以她会瞎编。

我把你教我的词汇都清空了，消除了。数年来都抛下它们，所以现在——回想时——它们从我口中说出来时就像从那些孩子口中说出来时一样，令人感到陌生。

"你像个野孩子。"学校里的一个女孩说道。她叫弗兰。"你像是那种被关在地下室的孩子。你就像是那种被锁在地下室的马桶边上甚至没人教你怎么说话的孩子。"

我偷了弗兰小心藏起来的眼影和项链，埋了它们。我和年纪大一些的男孩打架，打到他们见血或是我们都见血。我想，我当时仍然记得住在河上的日子，所以这一切就仿佛眨眼睛般，本能似的在我的体内，绷在我的手臂中。

那些年我一直在找你。周末，我会坐公车去我认为你可能会去的地方。四处找人打听。当时我拿着照片——这张照片还在——给每个我碰到的人看。我会说，她个头不高，比我们矮；灰发灰眼睛。到处都是你。行驶中的公交车玻璃窗外，超市的廊道上，咖啡馆或酒吧的桌边，等待红绿灯的汽车里。我看到你或走或跑或坐，正在聊天或是脑袋向前，下巴抵在胸口大笑。我追着街上的女人，但她们不是你。你消失得无影无踪。你是幽灵，在我的大脑里，在我的肚子里。我开始疑惑你是否真的存在过。

有两个女孩跟着我，我想她们是因为我看起来正逆流往上游去，想知道会发生什么。罗希喜欢在数学课上坐我边上，偶尔还会向我透露：她怎么给自己穿耳洞；她的姐姐在度假的地方怎么差点把乒乓桌点燃。她喜欢谈论数学老师，他之所以有吸引力，纯粹是因为他比其他老师年轻。她羞答答地叫他，列出了放学后想和他一起做的事。现在想来，我认为她选择坐我边上是因为和我讲不同于和其他女孩讲。和我讲话就好比教一个人说话或识字。我以前从没听过她使用的词汇。我听不懂她使用的语言。即便放到现在，这些词汇仍感觉混杂着一半的外语：fuck、shag、bang、snog、french[①]。

学校组织去湖区旅游。那里有上下铺、攀岩墙和一个池塘。在池塘里，我们练习让皮划艇翻船，我的惊恐发作，鼻子灌满了水，腿的影子朝我划来，在河里溺水的经历仿佛重现。我们也练习了亲吻。我们在晚餐前试了下，在床铺上或在游泳池后方。他们的嘴尝起来有黄瓜味。我们刻薄地评论对方：舌头伸太多了，别那样扭。她们以前亲过男孩子，但我还是第一次。亲吻，我明白，不是最后一步。它是通往某处的途径。那时候我想到了在餐厅时的你，手握避孕套。我想得太入神，以致有时发现自己的感官几乎封闭，任何人说的任何话都听不见。

在亲吻的过程中，我开始看到马科斯，他从她们的胸口浮现，仿佛一早就在那里等候。这感觉有些兴奋，甚至歇斯底里。其他女孩的嘴冰凉凉的，但从她们体内冒出的马科斯则像烙铁

[①] 都是与性有关的俚语。

一样灼热。有时候，我低头看她们搁在我腿上的手，她们的手和马科斯的手相似地让我恐慌。闭上眼，所有人都感觉是他。我想问你，你在亲吻别人时，看到的是否也是如此。

　　过了一会，感觉变得一点也不好了。他在那里，蜷着身子，合眼等着，半死不活。在她们呼吸的下一秒，我感到他的呼吸，听到他焦急的咋舌声抵着我的上颚。他的体内有一种恶心的东西，一层苔藓裹着他的肺和胃，充塞他的血管。是从河里来的东西。我知道。我知道。每当我想起，我能透过玻璃看到有什么东西在动，一抹颜色一闪而过。我不知道那是什么，但知道我不想再看到它。他从别人的嘴巴里冒出来，从别人的关节里探出他的手指，从她们的喉咙里蠕动而出，光是想想我都无法忍受。我无法忍受，但又止不住去想。我不由得想到，如果我和一个男孩做爱，睁眼却看到马科斯在男孩的脸上张望，那会是什么感觉。我告诉其他女孩，我不想再亲了，她们只是耸耸肩。"我们不是同性恋。"她们说。

| 农舍 |

在河边找到你,把你带回房子里之后,我开始频繁做一个梦。我在我上班的词典办公室的地下室里。地下室没有窗户,只有宽大的碗形灯从顶上脏兮兮的扣板上垂下来,悬得有点太低了。这里有成排的金属文件柜。十个或以上的柜子里装满了倒序排列的单词,另有十个柜子装满了随时间推移已经不再使用的单词。墙上有以前留下的手掌印,地板上有颇有历史气息的灰尘脚印,逼仄的方形卫生间里亮着一盏灯,但我敲门时,没人来应。我特意在字母 B 的柜子里找,翻过黄色的卡片,但找不到。**波纳客**。当然找不到了;它根本就不是一个词。它根本不存在。

我沿着走廊,往电梯走。我知道我正在做梦,因为在现实中，电梯早在我来工作前就重新装修过，但现在，这里是破旧的，我把金属栅栏门往一边推进去，周围是磨损的红色天鹅绒墙面。电梯缓缓移动，嘎吱嘎吱地穿过楼层。我们到达了办公室的楼层。办公桌上不允许装电话，办公室角落里有两个电话亭，其中一间的话筒没有挂上，晃悠着。我拿起话筒，心想会听到你的声音，可就连拨号声都没有。

厨房里的咖啡机摸上去还是温热的；冰箱——我一把打开——里面满是仔细标明的保鲜盒。阿兰达蒂。不要吃。娜塔2017年4月13日。本吉。走廊墙上贴了保持安静的海报。我走到密集的格子间区域。大多数的电脑都开着，桌面整洁，上面码放着一列列颜色不同的索引卡，装收发信件的篮子满了。我走向我的办公桌，可等我到那里时，桌上有别人的东西。一个有整齐牙印的红苹果，一罐泛绿的腌制的蛋，一部页角往下折的百科全书。我坐到椅子上，觉得不舒服，椅子的高度调过了，给比我矮的一个人坐。我在电脑上找是谁偷了我的桌子的线索。电脑上有电子邮件，但落款只有一个字母S。办公室的某处传来声响。我站起来，视线越过格子间的上部张望。另一头的自动感应灯亮了，接着——就在我看着时——又灭了。我坐回去，开始读铺在桌上的定义。有些词汇被划掉了，所以我只能辨认出其中的一部分。**夜晚河流发出的声音。独处的时间。**这堆卡片底下，有一个笔迹清晰的词。**波纳客：我们惧怕的东西。**即便在梦里，当我看到这个写下的词时，我的胃都快坠到地上了。我用手捂住胃部。

有东西掉到了铺有地毯的地上,发出了声响。我站起来,走到墙和格子间之间的大走廊上。前方的地毯卷了起来,仿佛被某人的鞋沿蹭到了。我把地毯推平。我头顶的扣板开始咔嗒响,离开了原本的位置,露出里面乱糟糟的管道和线路。一切发生得很快。前方的一块扣板砸到地板上,变得粉碎。越来越多的扣板开始往下掉,要么摔碎了,要么从桌子上弹起,飞出去。之后开始漏水,不是干净的、过滤了的办公室用水,而是长满了水草,还有破了洞的渔网,鱼往外翻腾落满了地毯。水从天花板泻下。我的头上有什么东西在动,它速度很快,窗玻璃因此震动。我听到它掉在我身后的地上。我没转身。我听着它在地板上移动。我知道你是什么,我想。可我醒后便忘了。

第一次做了这个梦的第二天一早,我看到你穿着我的睡袍和拖鞋坐在餐桌边,正在吃橙子和全熟的煮鸡蛋,蛋壳整齐地码成小堆。你的头发梳过后像泳帽一样贴着头皮。你把碎渣吐到手心里,说我在晚上大叫,问我以后会经常这样吗?"如果是的话,或许我可以找个宾馆,好让你安稳地睡觉?"

我们之间有几十年的龃龉,沟通不畅,错过了许多个的生日、我二十到三十岁间的所有,你还切除了一个乳房,当我不在你身边的时候。我想像你以前在赛马训练场时偶尔做的那样,用手抹过你的脸。不会很用力,但能让你感觉到。

你给我剥了一个鸡蛋。"我记起一件事。"你说道。

你胸口的睡袍微微敞开,我看到你原本左乳的地方有一道咧开嘴的伤疤。

我吃了鸡蛋。"记起什么?那年冬天和马科斯在一起的事?"

你不耐烦地摆摆手,又抹抹嘴巴。"不是,不是。"

"好吧。那是什么?"

你朝我眯缝起眼睛。你看起来像是被我从野外绑架来的,你的指甲脏兮兮,头发油腻腻的。我坐着等你说话。你似乎有太多话要说,它们超过了你的语言能力。也超过了我的语言能力。它们从你的嘴中倾泻而出。

萨拉

  一切始于——现在我明白了——始于你。这是——我没有料到也不想知道的——你和那个本可以做我父亲的男人的故事。
  你那时三十一岁。那是一九七八年左右。你当时并不知道，有一艘飞船起航奔向土星。它将发现如果有足够大的水体，整个星球都能漂浮起来。土星上的一天匆匆，只有十小时。**Cold-call**（推销电话）和 **gridlock**（大堵塞；僵局）首次收录进《牛津英语词典》。你在一家诊所做前台，那里的医生一边偷吃一瓣你午餐带来的橙子，一边轻佻地说道，你的屁股适合生孩子。你假假一笑，忍受侮辱。你明白他的意思是你不瘦。你个子矮小，勉强到他的肩膀，但你不瘦。你有一副坚韧的身躯；臀部能平衡住旅行包的重量，两条大腿的尺寸能赶上一些女孩子的背部。这副躯体——你渐渐知道——分泌出一种惑乱，可以轻易地将它化为己用。上学时，有散发出汗味和青草味的运动男孩；刘海稀稀拉拉的喜欢科学的男孩；高个的和矮个的，瘦的和精壮的。你二十几岁——就你对那些年的理解——围着男性转。他们大多数比你年纪大。他们和你出入同样的酒吧；他们排队等出租车，拎着购物袋，或在上火车前、给你开门前停下系鞋带。他们喜欢意式浓缩咖啡、鞑靼牛肉、白巧克力马卡龙；他们喜欢看带字幕的电影，在书的页边做笔记，然后给你读，在你们做爱后，在他们城里的公寓或林中小屋或廊道像喉管一样通往你出入的大门的乡村宅院里。他们喜欢细肩带的文胸，喜欢黑色棉内裤，喜欢床柱、电话亭和游泳池。

你遇见查理时年纪已经不小，他该是你长长名单上的最后一人。你那时经历过一次糟糕的分手，对象是有时来你工作的咖啡馆的一位教授。一位头发正优雅地变白的教授，每次你们完事后，他会坐在床边啜泣。告诉你这是他最后一次，他不会再来了，因为你长得像他的女儿。在门口转身说道——脸被眼泪洗得干净刻薄——他觉得他的女儿可能和你一样放荡。就是那样。你决心要戒了他们。所有的各式各样男人：穿西装打领带的，穿手术服、红内衣、写有星期几的袜子的。尤其是年纪大的男人，他们认为你欠他们东西，一小段他们荒废的青春。

你去诊所工作是因为那里看上去——白色的墙壁和天花板，因岁月而边角脏污的地毯，每天早晚你都得拖着亨利·胡佛吸尘器，还有盖住皮面开裂的检查台的蓝色纸质床单——是一个完全禁欲的地方。甚至连医生——他完全是你喜欢的类型，第一天他神气地走进来时你的心脏都往下一沉——偷你的橙子吃，给你喝他私藏的金酒，即便这样都没动摇你的决心。或许，你认为，三十几岁是清心寡欲的年纪。至少十年。你租的公寓有黄色的印花壁纸和留有其他人的污渍的床垫。你过着老姑娘的生活。你点公寓楼下中餐馆的外卖，在马路对面的长凳上边吃边看驶过的汽车。你一次又一次整理诊所的文具抽屉：红色的胶带卷，从你手中漏出来的订书钉，打出完美圆形的打孔器齿。

　　一天早上——已经无聊得快疯了——你换了一条路前往诊所，沿着桥边的狭径小步疾行，穿着高跟鞋溜达，顺着运河边的纤道走。漂着油光的水面上有鸭子，船只的门生锈了，船顶上摆着花盆。半路上有一艘绿色的驳船，有个男人坐在船尾，他双腿悬空，边上的甲板上晾着一杯咖啡。他两只手正忙着削东西，但你看不清他到底在削什么。之后，你总会想起那一刻。那艘船靠近杂草/水草丛生的烂泥岸边；修长的腿支撑着他精瘦的身体；头顶传来火车在桥上驶过的哐且声，你一时听不到自己对他的思绪，思绪是那么强烈，你早该清楚这样不会有好结果。你不明白他究竟有什么魔力。他太瘦了，根本谈不上迷人。但是。你发现自己——在早上还有傍晚——绕远路走沿着运河的那条路线。每次路过，你越走越慢，直到有一天你停下来，他看着你。

你第一次上船的情形出乎你意料。他看上去有时候看不到你在那里，你则好奇有没有其他女人来这里坐过，而他也这么四处走动。你问他要茶喝，他说他只有威士忌，就喝那个吧。你发现自己在打量他的身体。他看上去很节约。他常常双手搭在裤腰带上，仿佛他曾有个大肚腩。他说的话是谜语、代码和秘密。大笑再大笑。他不解释。你去的时候，他大多在做菜。你告诉他你连烤吐司都不会，他把空气吸入喉咙深处，推搡着你就位，给你一把刀。他说做出来的东西咸是因为你老是割伤自己。他用皮带磨刀。做出来的东西太辣，可你假装它不辣。在你的房间里，你自慰时，你处理过辣椒的手让你感觉火辣辣的。他教你——在长长的纤道上，和着火车的哐且声——怎么吸烟。

你待得越来越久。你的公寓断了水电。医生的办公室不再来电。他没有叫你过夜，但多数晚上他的身体把你往床垫上压，所以你留下了。你听到船顶上的火车；你听到火车疾驰而过，你听到他的脉搏缓慢跳动。

白天——或搅拌他做的大锅大锅的食物或在屋顶抽烟——你常常听到某种声音。是什么？你坐起来或放下木勺。是从你体内传来的，像是顶着西风的老屋或是被猛浪抬起的船只发出的吱呀声。某种东西和其他人完全不同；他们美丽的肉体和平和的脸庞。和他沉重的双手的形状，他苔藓一样的身体弓起的脊柱，他体内的那艘船有关。他告诉你，他梦到自己变瞎，醒来后只能看到黑夜，看到一根大头针飞速朝他的瞳孔飞来。他用尽全力去爱你，他和其他人不同。这毕竟不是你禁欲的那几年。或许，这是另一种岁月。

与你一同长大的女孩中，有几个非常想要孩子，想得没法用语言来表达——一种化学上的疼痛。你从不那样。你不觉得自己的身体是运输机，是其他东西的附属。你以前有过害怕，小小的担忧，迟来的月经。但都没出什么事，而且这让你相信自己没有这个能力；你没有这样的构造。有些机器是用来切割、填充或塑形的，有些不是。你没有生育孩子的构造。不仅如此——年纪越大，你越明白——你没有生育的决心。你逃避，放弃。这是你一路走来的模式，如果掉头，你可以像循着一条放有面包块的小路往回走——如果你有过那样的冲动——去证明你不能成为他人的依靠。

话虽如此。他有时会提起自己一直想要几个孩子。你任由他说。他似乎没注意到你的沉默。从儿时起，他就想要孩子，他觉得他会比自己的父母做得更好。

一天早上：他兴奋的脸，他感激的、狡猾的手，你让他把那包安全套扔进了运河。"你确定吗？"他一遍又一遍地问，"确定吗？"真相是——他双手抵着你的紧身弹力内裤——你根本什么都没想。他想要什么就能得到什么。反正不会出事。你笃定这一点。你没有生育能力。

不管你有没有想过要孩子，总之孩子有了。你还是认为自己没有怀孕，直到拖得太久，什么补救都做不了。肚子大得太快，仿佛有什么东西在里面狼吞虎咽，抢占空间。你没法在船上灵活地移动，从驳船跳到岸边，或是开重重的锁。你没有告诉他，你从未想过要孩子。你愿意生孩子，不为别的，只为他。人们总是这么做。天天都有人这么做，轻率地做。夫妇生孩子是因为这是二人的结晶。你生孩子是因为这是他的一部分。

二 夜里消失不见的东西

| 农舍 |

你来之后，屋子里变得不一样了。茶杯东一个西一个，半夜里，冰箱会周期性地被清空。你的思维方式钻进了我的大脑，以至于我发现自己记不得过去的日子，忘记每一周的顺序。我避免和你吵架，但你控制不住，我们整夜地吵，而最后你都会在浴缸里哭。各种执念向你扑来。白天，你做大锅大锅的咖喱，双手沾了姜黄变成橘黄色；做完后，你已经过于厌倦或没有心思，一口都不吃。白天，我们到溪流上游，你徒手抓鱼，弯腰在缓流的浅水中待上好几个小时，你俯身去抓我看不到也不觉得会有的鱼。你还执着地认为有些事情不可避免，终将来临。你有一种宿命感，它拖着你在我的房子附近可怜地躲躲藏藏。"我知道，"你总是说，"将会发生什么。"我越听越气，追问你，

而你只说我们逃不了,我们的终点在出生之际便嵌入了体内,我们所作的决定不过是骗我们相信自由意志的幻象、幽灵。我想大喊,你选择离开我,没有人逼你这么做,你不能甩开自己作的糟糕决定,把它们称作命运或决定论或天意。但有时我会想,如果你的说法是对的,如果我们所有的决定都是过往决定的残留,那又会是什么样。我们过往的决定仿佛是炸弹,而要作的决定则是爆炸后的碎片。我没有和你说这些。我尽量不去听你说的,我给你泡茶,你睡的时候我也睡,像一个刚生了宝宝的妈妈,不知道该怎么去照料孩子。

我一直在想马科斯的事,当我问起你是否还记得第一次和他见面,你反问道:"谁?你在说什么?"但从你的眼神和溜走的姿态里,我知道你记得。我找到了一片记忆的碎片。但我不确定,所以我跟你说了自己的记忆,而你则生起气来,砸碎了一扇窗户。修理工看你的样子仿佛是被你吓到了。你张开又合上下巴,做出咬人状,他跳了起来。

"我在她这个年纪的时候,早餐就吃你这样的男人。"她指着我说道。

我几乎听不到你说的话。记忆笼罩着脏兮兮的屋子,你握成爪形的双手,崭新的窗玻璃和餐桌上打开的修理工的工具箱。

我十三岁,你和词汇以及河岸、水流和森林照料了我。我相信没有什么是一成不变的,只要我捕捉河鼠、青蛙、杂灰松鼠、田鼠、竹节虫、蝌蚪,就能改变任何事。马科斯在临近冬末时来了——我们住在河上的最后一个冬天——我趴在船顶。一阵雾气把树干齐膝斩断。船没有系靠在岸边,而是在河中心,缆绳紧绷绷地连接着河岸。我双臂箍住脑袋,呼出一股雾气,接着把天窗玻璃擦干净。那是晚上,唯一的光源来自我下方的船舱。你,我记得,告诉我说你需要嘘烟时间,让我在船顶上睡。马科斯和你在船舱里。

有时我在自己体内。我从一棵树上剥下树皮,尝一尝,咀嚼,直到它变成浆。我能看到指甲里嵌的月牙形的泥土。我往下望着天窗。

有时我在岸边,我的年纪和你在我房子里那时的自己一样大,过小的靴子里脚尖抵着,寻找你的踪迹:烟头,面包碎,点过的火柴棒,在地上,我只能分辨出年轻时的自己,弓身趴在屋顶上,手肘拐向两边,往里张望着。

透过天窗,有东西动了。它有两个头,许多条累赘的肢体,在昏暗的烛光里不停抽动。我双手拢住脑袋,鼻子用力贴住玻璃,屏住呼吸。这就是波纳客?

每次当我渐渐明白自己看到的东西,我发现自己到了岸边,扯着耳后的短发,吹口哨呼叫一条早就不见了的狗,努力记起讲述这个故事所需的词汇。

来修窗户的男人低声说了些什么，你一路追着他到了他的汽车那儿，他叫骂着开车走人，而你则站在那里扔石头。山上有一股热浪，你回到屋子里时手臂、胸口满是汗珠。你跟我说你想喝柠檬水。你想抽烟。你想坐躺椅。你想他妈的一个人静静。我被你烦得不行。你的犟脾气。你惹恼我。你让我不爽。你不属于这里。

我需要忘记过去的你，转而记录变化后的你。你似乎感觉不到疼痛。我看着你被水壶烫伤，接着你又若无其事地继续做事。你对微弱的声音或气味极度敏感：抱怨烟囱里灌进的风，水管里流过的水，在我做过菜后拒绝进入那间屋子。你就解剖和疾病大声地、不容置疑地发表高见。我不知道这是你的胡编乱造，还是多年来积累的知识。你说我缺铁，很可能有腹腔疾病。你握着我的双手，推压我指甲根部的皮，发出我听不懂的声音，把我眼周的皮肤往下拉。你什么都愿意说，开心地跟我讲肠道蠕动、你尿液的颜色，拔下巴上的毛发。你谈起性的时候是笼统的，一概而论的。在你的语句中，肉体混作一团，永远都搞不清你是在讲述一次性经历还是多次。你除了说起查理——那个住船上的男人——还说起其他顺从的、懦弱的、有时害怕的男人。有一个男人，当你说起他时，你带着日久而生的悔意。比你年轻，不经世事，紧张笨拙。一开始就是个错误。大多数你跟我说起的人是搞笑的；他们会用头撞墙，没有几两肉，没多久就高潮。如果我笑了，即便只是微微一笑，你会露出满意的表情，拉住我的手，从果盆里拿给我一个橙子。

情况越来越糟。你大声叫我过去，赶紧过去。我到的时候，你捧着我的厚重的牛津词典，词典翻开了，你朝我挥起。

"我知道它是一个词，"你叫喊，"我就知道，我就知道。"

我试着让你镇静。你心烦意乱。你把词典往桌上一扔，打碎了一个玻璃杯。你撕了好几页，撕烂了。

"我知道，我知道。"

"什么？哪个词？"

你瞪着我，嘴唇吸进牙龈之间，紧握双拳。你在找的那个词是 **egaratise**，意思是让你自己消失，走出你的过去。我告诉你没有这个词，翻词典证明给你看。你似乎受到了惊吓，跟着我在屋里走动，追着我的脚跟走，差点把我们两个都绊倒。

你搞不清楚短小的词。**Tap**（拍）、**screw**（拧）、**step**（步伐）、**handle**（把手）。这些词你发音错误，或是用错了意思。**你能不能拧一下浴缸的把手，多放些热水？现在对我来说太僵了。**多数时候我假装没事，而你则优哉游哉。我想你是直到某天才意识到这个问题的。我看到你在厨房，双手紧紧抓着水槽边缘。你一遍又一遍说着 parasitic（寄生的）。一会儿是 para-SIT-ic（寄生的，重音在中间），一会儿是 PARA-sit-ic（寄生的，重音在头）。你左脚在地板上踩出节奏。一开始我不明白你在干吗，过了一会儿，我意识到你在检查自己的发音错误，测试你又忘了什么东西。

你清楚地知道自己正在经历什么。到了你这样的年纪,你的状况是所有人里最糟的。你的糊涂只针对我。

孩子理应离开父母。常理使然。在你成为母亲时,你本应抛开过去,不管那是什么,抛开让我们不断流浪的东西。父母不应该离开自己的孩子。

"我有件事得问问你,"我说道,"你介意吗?"

"我为什么会介意呢?"你摇摇头。你似乎已经忘了之前所有的不快。

或许你不记得了。

你不和我争吵。你靠着我,贴心,但又小心翼翼。我能感受到曾是你乳房的位置上的空缺。

"你记得吗,"我问道,"马科斯来的那个冬天?"

"可现在是夏天。"

"是啊。但那时是冬天。我们住在河上。你记得吗?就在几天前我找到你的地方。"

你"唔"了一刻,摇摇头,轻拍我的膝盖。我继续追问。"我从小就住在那里。只有你和我两个人。但有一天,来了一个男的。一个男孩。而且他和我们住在一起。没有住很久,顶多一个月。河里有什么东西,我不知道是什么。我想当时我们试着想抓住它。"

"是吗?"

"是的。"

"我不记得了。"

"那你还记得些什么吗?"

你耸肩,手掏进睡袍的口袋,没有摸出什么来。你给我看你的手,手掌向上。我把它们往下压。

"你记得马科斯发生什么事了吗?"

你两手夹住我的手,用力摩擦,往缝隙间吹气,我感觉皮肤湿漉漉的。你的碰触让我吃了一惊。我曾经——不是吗?——双臂环住你的腿,脸抵着你膝盖间的空隙。我曾经带给你看我在树林或水里找到的东西:水流状的石头,酸模叶子,还有蜗牛,你会用大蒜和黄油烹调。我还小时,你把水管举高,我们一起在室外的小路上冲澡,你两手扒拉我打结的头发,仿佛那是谜题,而你知道谜底。

你突然,仿佛被按下了开关似的,清醒了。我看着你,从中看清了你其实什么都知道,过去的每一年你都记得,你也没忘记岁月的遗留。

"他第一次来的时候,我就该知道的。"你说道。你倾斜脑袋,"他有种魅力。我想我当时告诉自己这不过是欲望,一种新的欲望,火烧火燎的。他让我感觉亲切,好像我以前就爱上过他。我早该知道。"

| 河流 |

有时，你和那个不是我父亲的父亲躺在狭窄的床上，毫无顾忌，修长的四肢纠缠，嘴对着嘴，仿佛你们其中一人将要死去。有时，我站在词典办公室，听着一间空荡荡的太平间里想起的电话铃声。有时，我正打开山上农舍的门，你走过我身边，对自我来时便存在的米色墙纸大发议论，还抱怨顶上的墙角发霉，家里没有烟灰缸。**你他妈就不能买辆车吗？**有时，马戈特正走来走去。现在，我转而依靠想象，可能性。我把她说的话复述出来，希望她不会介意我的一些顾虑或修饰。她在某处行走，也许她听到了我，听到了重复的回声，她想到这不对劲。听。听，事情是这么发生的。

马戈特的包里装有帐篷，但她太累了，不想用。她手脚并用，到了自己所能爬到的灌木丛最深处。她那条不灵便的腿擦过一摊湿烂的叶子，割开的啤酒罐和一只白色气球。透过绿篱，她能看到运河，河面被石油泄漏般的街灯点亮，亮着灯的汽车时不时响起惊叫，声音在桥的另一头微弱下去。她把睡袋的兜往头上拉。长夜将尽，又来了一些人，他们睡在小路的更远处，在桥下，她被他们彼此的叫喊声吵醒了。刚醒之际，她忘了。接着，她又记起来了。之后，她再也睡不着。地上有一层霜，睡袋湿答答的。她看着肮脏的早晨降临至水面。

她用完了菲奥娜给她打包的东西。她并非没有同情心。一条巧克力，一袋面包，几张叠起来的钞票，半卷卫生纸，还有一些卫生棉条。帐篷很久没用过，有股潮味。她想起父亲曾说过的话，虽然只记得一部分；说的是即便最微不足道的事，做到了仍旧是成就。她努力去听自己的身体，它在搅动，如机械一般，无论如何都还在运作。一想到她正在做的事，她怕极了，几乎什么都看不到。她把所有东西塞回包里，站起身，开始走路。

她走了两个小时，接着停下。汽车闹哄哄地从运河上方的双车道驶过，渐行渐远；旧铁路在空中中断；曾经可能种了庄稼的地被污水淹没。偶尔——虽然这种情况越来越少见——她掉头，开始往回走来时的路。离家远走似乎是难以想象的。她的双手不由得拍拍口袋、稀疏的头发和扭曲的左腿。她闭眼，想象父母家的四壁崛起，像肋骨一样环绕着她，熟悉的几扇门晃动着关上了。

四个渔夫——他们前一晚钉下去的帐篷钉还留在地里——用脏兮兮的煎锅做汉堡，执意要她也吃一个，她蹲在他们边上，两手抓着没熟的汉堡吃了起来。给她第二个时，她也吃了。他们慢慢地说话交流。她没怎么听。她不知道还能干些什么，所以和他们一起待到夜漆黑得像一堵厚实的墙，厚得那一小圈篝火戳不透之时。她能听到生活在运河里的东西在黑莓灌木丛里穿梭。她对此没有准备，对所有这一切都毫无准备。她再次感到恐惧冰冷的轻叩，穿过紧绷的太阳穴，铺展到胸口。她双手握拳压住双耳，直到它退去。一个渔夫隔着篝火打量她。

"你知道吗？"他和她眼神交会时说道，"有关运河贼的事？它住在河里，在陆地上活动。"

其他的男人或是大笑，或是牙齿间发出嘶声。他们把渔竿像武器一样放在身边。她能看到他们手上和脸上的肉的油脂。他们长长的四肢被黑暗斩断，像被截肢了一样。他们中的一个人示意看他身边的几个袋子。她看到鱼鳞，一只圆圆的纽扣似的眼睛。

"东西会在夜里消失不见。"他边说边耸耸肩。他们又笑了，而她则认为他们肯定在编故事吓唬她。

她走开了，听到他们跟了上来，她窝在灌木丛里，等他们走过又徒劳无获地走回去。她不知道如果他们找到了她，会对她做什么，但她知道不会有好事。她想，如果有什么东西在晚上不见了，那肯定是他们拿走的；他们沉沉的口袋，他们埋在塑料袋里的鱼下的东西。她很长一阵子都听到他们的声音，接着他们的声音中断了，只有水和灌木丛的声音；狐狸或捕食的猫头鹰尖厉的叫声。在黑暗中，她没法把帐篷支架固定到位，她索性放弃，再一次躺到睡袋里，想睡觉却难以入眠。

| 寻人 |

早上，狗在房间的角落里吐了，他坐在门口望着我，仿佛知道那是最后一根稻草。或许他和我一样讨厌旅行小屋。我向来无法理解喜欢住酒店或青年旅店、野营的人。我不曾梦想过去意大利、秘鲁或新西兰。我梦想过有一间房，我知道那里所有的出口，把窗帘钉在墙上。"那是最后一根稻草。"我说，而他似乎，几乎，在笑。

我坐在麦当劳里，在我的笔记本电脑上找你。每次有孩子走过，他们会把自己的半只汉堡或大部分的冰激凌给狗吃。我想，他已经不再节食。我对他心怀感恩。我回复了几封邮件。我本该在**休假**期间完成工作。我本该现在就回去工作。四年来，我从未休过假或请过病假。他们还可以等。我突然闪过一个念头，我有可能不再回去，也不跟他们说，不会再次出现。我和你一样：不怎么像人，更像是一个远离一切的洞口。

出版社的网站上有一张我的照片：呆呆地对着闪光灯，外套上沾了牙膏，门牙间有缝。网站上还有我的邮件地址和办公室电话。如果你想过要找我，你会找到的。对你来说这不难。但网上没有你的任何信息。我曾找过，一遍又一遍检索过。狗坐在它瘦巴巴的臀部上，张口咬住一个孩子扔过来的薯片。我假装他不是我的狗。为了找你，我找了所有能想到的地方。这好比在河里打捞尸体，在干草堆里找细针，白费力气；对此，我最喜欢的表述是：徒劳无功。没有你的踪迹，你身后没有留下任何尘土，你没有脚印。再一次地，令人感到挫败。

直到服务站空地上的车灯亮起，我才意识到自己待了有多久。汽车的大光灯很亮，车子往后倒出去。服务站和那条河有着某种相似之处。没有住在那里，因为他们的生活过得不错。在我离开那里后，我才意识到这点。

最后，终于找到了什么。可能。屏幕上的灯光太亮，刺痛了我的眼睛。我把笔记本电脑合上。如果我当时立刻决定离开，那么第二天我就能回办公室坐着了。我不会给太平间或医院打电话。一年后，我会把所有这几天重新浮现的记忆再忘掉；十年后，我连你的脸长什么样也会忘掉。等我老了，我会想象出一个全新的童年，我的母亲头发整齐，很早就安详辞世了。凡是我感到正在朝我而来的东西都会退去，最后消失。不会有东西在夜里消失不见。我的脑袋里，你说道，**别叫了，格蕾特尔，这只是一个梦。**我太紧张了。长久以来很少有这么紧张的时候。我再次打开电脑。不是你。也不是马科斯——他和你一样，在网上没有踪迹——而是一对夫妇和他同姓，他们就住在不远处的小镇上。我一把一把地吃薯片，压制自己的惊恐。狗坐着，张着嘴抬头看我。

"你会吃坏身体的。"我说道，接着差点被一块尖锐的薯片呛到。或许，我想，马科斯知道你的下落。或许——我往嘴里塞了一把薯片，而狗发出呜呜的叫声，躺在地上打滚——你和他在一起。或许你是去了他那里，你一直在他那里。

他的父母在几个不同的网站上留有记录。足够让人循着线索找到。女方出现在一所学校的网站上。一名教师。在一所林业学校；最近组织去了一次国立美术馆和一个农场。她长得不像马科斯。我有些失望。猫途鹰网站上有一条餐厅的食评，她留了全名和邮箱地址，仿佛这是一份简历。**我们周四临时决定要来。我点了鸡肉。我的丈夫点了肉酱面。孩子们也点了肉酱面。我们还会再来的。我喝了酒，酒不错。我的丈夫对服务生的印象不怎么样。**除了这条猫途鹰上的食评，没有其他这个男人的信息。我找不到他的照片或从业记录。不过，他在一家汽车修配厂的网站上留了一条评论。三星，留了全名。

当然，他们可能是任何人。我大声对自己说道。我去车里拿出储物箱里的地图，把它铺在麦当劳的桌子上。我记起你过去常说，我们不在任何地方，我们游离于一切之外。我吃了第二包薯片，给狗喂了四片。他们可能是任何人，不过——我俯身看地图——他们住的地方离我们住在河上的地方不远，他们很可能是马科斯的父母。它毕竟还是一个在地图上能找到的地方。

|河流|

夜里消失不见的东西：河岸边的泥巴，洞窝里的兔子，睡在低矮枝丫上的松鸡，乱窜的流浪狗，渔夫小屋传来的鱼群声，银色渔钩，居民区的猫以及所有东西——依次地——被猎捕和吞食：老鼠，瞎眼摸索的鼹鼠，折翼的鸟。

第二天，马戈特看着这片地很快变得更加荒芜。运河流进一条叫艾希斯的河流。天很冷。她的双手被有刺灌木割伤，因为荨麻生出了红色的小肿块。面包吃完了，她后悔没能省着点吃。她离开前做的梦像公交车的时间表一样按时到来，梦里充斥着一扇扇的门和一堵堵的墙，正好切为两半的各种东西，一碗碗的水果。她记得前天晚上做了个梦，梦里淤泥积塞，根系虬结，水汽潮湿。她能感受到菲奥娜叫她走，帮她塞满背包之前说的东西。

过了好一会儿，她才意识到有人跟着自己。河流有一种习惯，吸收声音又把它投掷出去。时不时地，她觉得听到了母亲透过低矮灌木的呼喊声。她的脚步声异乎寻常的响。日上当午，她停下歇息。她身后的小路传来她的脚步声，在她停下来后还持续了一段时间。

她在泥地上的一个坑里歇了下来。沿着小路，有一只小鸟起飞、鸣叫、划过水面的声音。有人清了清嗓子，可她看了看，四下无人。她想到了住在水里、在地上活动的运河贼。她想知道它是什么模样。她想它肯定长有带蹼的手脚，便于泅水，还有细长的手指，便于偷盗。她想到了那群渔夫，他们隔着火光变弱的火堆望她的眼神，他们张开的手，还有他们大笑的方式。

她继续走。脚步不是她的。比她的更沉稳，用力，在她停下后晚一拍才止住，在她起步后晚一拍才开始。小路是笔直的，她想到，他们走的是同一个方向。但她不信。一整天里，她见到的只有鹭和半沉的驳船。

她一直走，直到天空开始沉入水中才停下。可怕的想法如同黑莓枝上的刺那么长。她真希望离开前能多学些东西：怎样才能不那么害怕，怎么生火，怎么和陌生人交谈。她希望知道有人跟踪的情况下该做什么。她一转，向下走到河岸，脚下打滑几乎快要跌倒，双拳在身侧紧攥。她跌倒了，扑倒在地。朝坡上张望，又抬头望向纤道。

是其中的一个渔夫。她认不出他的脸，只记得他防水服的颜色。他拎着一个哐哐作响的金属盒。他在小路上停下，似乎在研究她在泥地上的足迹。他的躯体令她害怕。比她想象中的更加庞大。她在潮湿的落叶里低下头，屏息。他跟踪了她很长一段路。其他的渔夫——她确信——正等他找到她呢。他就像运河贼一样：拿走他想要的，住在水里，出来到陆地上跟踪她。

为了放松，她回想起房子里所有她喜欢的东西：洗碗机和洗衣机上的圆形转钮，鞋拔子笔直的线条和从树上掉下来的苹果，果子是被强风刮下的，太生了，还不能吃。地上有什么东西在移动。她想象那个男人有如绿色大理石般的两只眼珠，尖细钳嘴似的双手。有一个声音，越来越近了。她松开捂住脑袋的手，抬起头。男人走了，但有别的东西在。白日的余光透过树林，投射出树干、缓坡和那只动物的影子。她鼻尖有树皮散发出的松香味。地上有虱子、马陆，让人发痒，一只蛾子在她的手臂上爬。那只动物比一个四肢着地的人类要高。她闭上眼，想着红绿灯的对称性、果核和时钟的指针。待她抬头再看时，那里的东西——不管是什么——消失了。马戈特在原地趴了很久，感觉到寒气裹紧了她的关节，直逼十指。她的大脑尝试了逻辑思考。她想：那是一只獾、一只狐狸，不过是树的影子。但她知道自己看到的不是以上的任何一种。那是运河贼。

她起身，拾起背包，走开了。时间到了中午，白日给人的感觉不同了,不真实了。每棵树都是尾随的那个男人或那个生物的样子。她低头,用帽兜遮住自己,继续跋涉。边走边打瞌睡,河如同扦棒般螺旋上升,悬在她的头顶,仿佛就要泻下。

工业的痕迹慢慢重现:陷在金属框架里的空油气罐,水泥烟囱。肮脏的城镇郊区:火车铁轨在小小的排屋窗前穿梭,水又浅又污浊,船头船尾紧紧相连,稀疏、光秃秃的树。

她一口气走了好几个小时,她那条不灵便的腿已经停止遵从命令,把她撂在树篱边。有几条船上升起了炊烟。来袭的寒潮把树冻得僵硬。她能听到两棵树之间的噼啪声。

晚上天发红,离她最近的一条船上的男人说道:"天必要晴①。我能闻出来。"

她把双腿拉至胸前。他站在船尾,手上忙活着,没有看她。她能看到他帽檐下的高鼻梁和眼袋。船身下的水是浑浊的。她试着不去看它,不去想那群渔夫说的运河贼;不去想她在林子里看到的东西。

"天气不暖和。"他说道。他还在捣鼓手上的东西,"我有炖羊肉和面包,是先前做的。我可以泡杯茶,如果你想喝的话。"

她才没那么天真。开始收拾包袋,捏捏自己的双腿,让它们重新活动起来。他放下了手里的活。他的脑袋歪向一边,似乎在听她听不到的东西。她支起身,开始走路。

---

① 典出《圣经·马太福音》16:2,"晚上天发红,你们就说,'天必要晴'"。

他说:"没必要那样啊。"缩起干瘦的肩膀,进了船舱。

她干站着,犹豫着。她身后的一家工厂爆发出巨大的声响。她能闻到焦糖味。站起来后,饥饿感更明显了,她的肚子有一个深深的洞。男人的船身上油漆剥落得分辨不出它的颜色:破破烂烂,门楣生锈,锈迹一路延至水中。光线够亮,能看到舱里的一头挂着两个花盆,但里面没种植物。他又出来了。她早该离开了,她知道。重新上路,越走越快,拖着她的那条腿,害怕他会像那个渔夫一样跟踪她。

"别怕。我把东西放下,"他说道,"然后我会退回去。回到船上去。"

她停下。他笨手笨脚地从船侧下来,往前挪了几英尺,接着弯下腰,把碗放在二人之间,退回去。热气升腾。她走向前,盯着他,接着拿起碗回到灌木丛里。第一口烫到了她的喉咙、她的舌头。她塞了口面包缓和。炖肉热乎乎的,好吃,大块的羊肉,夹着剔透的肥肉。棕色的面包皮有她的拇指一般厚,里头是浅色的,像海绵一样。她吃了个精光,完后捧起碗一直舔,直到露出碗底。她没有看他的时候,他拿了一杯茶出来,放在距她几步远的地方。她拿起来,双手紧紧捧着它坐下,感到指纹快被烫煳时才放下。

"茶太淡了?"

她摇摇头。

"有什么问题吗?"他问道。

"没。"

"我就是吃。"他一只手握住另一只手的腕。手腕铁棒般粗细。"我不打鱼的时候,白天时间都拿来做菜,然后整个晚上都在吃。我的食量顶五个男人。五六个吧。有时候,我觉得体内住着六个男人,他们像鸟一样,嗷嗷待哺。我吃啊吃,喂饱他们,但我却还是这副模样。懂吗?"他又拾起之前的活,递给她看,"知道这是什么吗?"

"不。"

他两手擦拭它,在指间转动着。"它类似诱饵,硬饵。把它安在杆子的一头,用它来抓鱼。我想了有一段时间了。它很大,你看。"他干瘦的手掂了掂分量,"是用来抓大鱼的。我还在打磨。"他拿起小刀,展示给她看。

她不再惧怕他了。他似乎有很多话想说,多到压制不住,又没有倾诉的对象。

"还要吗?"他比画喝东西的手势。

"要。"她说道,撑着站起来,把茶杯放到二人之间。他走路的样子古怪,几乎怯生生地,一只脚先探探前方夯不夯实。她好奇他是不是在学她。有人学过。他一脚踩到了茶杯,差点踢翻它。当他拿着茶杯往船走去,她听到他喉咙深处的呼吸声。看不到河水的颜色了。天空还是老样子。越来越冷了,仿佛有人转动了气温调节盘。

"这次泡得浓了些,"他说道,把茶杯放到两人之间,"不知道你的口味偏好。它不会让你的胸前多出毛发。我放弃尝试了。不知道你喜欢什么型的。我叫查理，你呢？"

她拿不定主意。她不想告诉他名字，不知道为什么。"马科斯。"她回道。他好像没听到她说什么。他腋下夹着一本书，从船里带出来的，拿起来给她看。太暗了，她看不清书名。

"我看不来这类书。即便我能读。"他说道。

"什么书？"

"问题。谜语。我在你这个年纪时能答出来。"他抬起一只手，打了个响指，"男孩子擅长这类：逻辑，想出答案。我没有儿子，如果有的话，解谜会是他的强项。"

他回到船沿上，一只手把书夹在身侧，另一只手摸索着想抓牢。她意识到他是瞎子。他笨拙地坐下，挪动长长的双腿。

"你擅长这类东西吗？"

"我不知道。"她答。

"我背下了两个。试试这个。距离普瓦捷不远的森林里，有一座谷仓。谷仓里什么都没有，除了一个男人，他死了，吊在屋顶上。他脖子上的绳十英尺长，双脚离地三英尺。最近的一面墙离他二十英尺远。爬上墙或攀着房梁爬都是不可能的。但男人吊死了自己。他是怎么做到的？"

"我不知道。"

"我也不懂。"他摇摇头。他一只脚踢了下船沿。"看吧，它们很难。"

"也许吧。你还记得另一个问题吗?"

和第一个一样难。她不知道答案,他也不知道。他又拿起饵,开始削。他骨瘦如柴,但看上去双手有力,在木料上游刃有余。不一会儿,他拿了几条毯子出来,放在地上。

"我只记得这两个,"他说道,"或许你可以自己读一读?"

他把书放到两人之间。船上照来一方光线。她挪到光线下,把毯子也拿了过来,打开书慢慢读着。

"有两姐妹:一个生了另一个,另一个则生了第一个。这两姐妹是谁?"

她低头抵住手臂环成的三角。毯子有股陈年的烟熏味和洋葱味。她想她可能知道答案,但会忘记。答案溜进她体内,嗡嗡作响。

| 寻人 |

　　修理工看上去体重不正常，刚从太空回来的人肯定也这样，两腿干瘦。我以为他会拒绝把地址给我，但他似乎不介意，在一片报纸背面写下地址。即便是到我们曾经住过的赛马训练场那里，我都没有这样的感觉，仿佛我快找到你了，比前几次的希望都大。

　　狗和我绕着街区走了两圈，积蓄勇气。每栋房子看上去都是一个样。狗发现了一只松鼠，出动。我快步跟在他身后，就在这时，看到了那栋房子的门牌号。事已至此。开门的男人怀里满满地抱着玩具，眼睛歪斜，头发呈三角形沿额头倒退。他在出汗，示意我进门，我没有解释自己为什么来就跟他进去了。也许我长着一张不让人多看一眼的脸。狗跟在我身后蹿进来，几个孩子与我们擦身而过。我等着狗去咬人，等着我们被请出门。"咕噜牛！"其中一个孩子叫道。男人把我带到厨房，关上门。他给我咖啡，接着又给我泡茶，茶没泡开，几乎都是牛奶。他和马科斯长得不像。他脸颊上有红血丝，鼻子扁塌塌的。他呼出一口气。

"洗碗机坏了快一个星期了，我想可能是管道问题。"他说道，接着头一回正眼看我。我的亚麻裙子上有一摊鼻涕，鞋子上还沾了东西。"你不是来修洗碗机的。"

"不是的，"我说道，"不好意思。"

"没关系。他们昨天也没来。我给你倒过咖啡了吗？"

我拿起马克杯，忍不住说了起来：

"我认识你儿子。我在运河上认识他的，但很久没见过他了。我想他是不是回到这来了。我正在找我母亲，觉得他可能知道她的下落。"

我话还没说完，他就开始摇头。他双手微颤，就像地震前的预警。"你搞错了。"他打开厨房门，示意我到客厅去。孩子们屁股贴屁股地躺在地板上，屏幕发出的怪异光线映在扬起的脸上。只有一个孩子没有加入，跟着狗一起在地毯上滚来滚去，尿布就快掉下来。男人指着那个男孩子："他叫阿瑟，随我祖父的名字。其他几个都是女孩。"

"你没有其他孩子吗？年纪再大点的？他走路一瘸一拐的。"我察觉自己在模仿瘸腿的样子，停下了。"我确定。""算了，没关系。"我朝狗吹口哨,但他似乎没听到。"没关系,"我说道,"你说得对,我肯定是搞错了。不打扰你了。"

我快要走到门前。有一个俄语单词,**Povskakat**①,意思是一个跟着一个跳。现在,我就是在跟着你跳,无意识地。我走到了门口,转动门把手,叫着那条我不知道名字的狗。"狗。"我叫道。

"是个瘸子?"男人问道。

我转身。孩子们聚到了一起,双手在身前紧握。

"是的。"我说道,"是左腿,拖拉着。"

男人名叫罗杰,我明白他想留我下来,等他妻子——据他说叫劳拉——回家。他还顺便让孩子给我递东西:一杯又一杯的水,涂了黄油的吐司。我看着他四处走动,手里收集起要洗的东西,一块脏尿布,掉在地上的玩具。我在他身上寻找马科斯的印记。"你记得他长什么样吗?""比你高,肩膀耸起,深色头发碗盖头,眼睛看上去有些愁苦。"你曾说我的眼睛和他一样,眼睑有点厚,早早就有了眼纹。一个孩子在我手肘处大声说话。

"什么?"

"你的狗叫什么?"女孩问道。她的头顶上扎起四五束小辫。

---

① 拉丁字母转写的俄语。

连衣裙上印着一只神情迷糊的绵羊。

"他没有名字。"我说道,同时绞尽脑汁想应该怎么和小孩聊天,"你给他起个名字吧?"

她看上去被这责任压垮了,答不上来。其他几个孩子提建议,喊出一个接一个的名字。罗杰在窗边,看向外边的街道。他脖颈处的头发稍长。我向来不会和孩子相处,孩子似乎总是知道这点,格外注意我。他们罗列了可以给狗用的名字,一长串,大多数是动物的称谓:渡渡、凯蒂、皮格①。我想甩开他们,在房间里走来走去。通常用来放酒的地方都有玩具。所有碗柜都上了儿童锁,但东西一览无余。一个孩子握住我的手,紧紧握着,而我则偷偷地试着甩开她。"奥托②,"她说,"叫奥托,怎么样?"

"你要上厕所吗?"我问她。她没回答,不过我们还是上了楼,手牵手。上楼后,我突然担心自己搞错了,大错特错。每年会有多少孩子走失流浪呢?这里有毁灭的痕迹:没了脑袋的玩具,墙上的洞,被扯下的卫生间的门把手。孩子带我进她的房间,捡起东西一样样给我看。我沿着走廊,在还没意识到要停下前走进了尽头处的大卧室。房里有那个男人和一个女人的几张合照,女人肯定是劳拉。照片里是他们更年期的时候,穿着鲜艳。我两手拂过衣橱里的衣架。深处的墙上有一个绿色相

---

① 分别对应 Dodo(渡渡鸟)、Kitty(小猫)和 Pig(猪)。
② Otter,水獭。

框，里面有张小照片。我探身。照片里的孩子扭过头，一只手朝镜头张开。但还是很清晰。那个侧脸，鼻子和嘴唇的线条，甚至他耸肩的样子。是马科斯。他留着鬈发，比我们认识他时更长。

"这是爸爸妈妈的房间。"孩子在走廊里说道。

我吸了一口气。"我知道。"

我们走到楼梯口的过道。她决定——暗示的力量——她的确要上个厕所，坚持我等她上完才能下楼。

"你以前没来过家里。"她说道。

我不记得自己小时候能这么有逻辑。我记得你说我是个谎话大王时，我震惊了。我从没意识到自己在撒谎。也许你离开我也是这样。也许你从没意识到自己抛弃了我。

"没来过。"

"明天你还来吗？"

"也许不来了吧。"

"你可以送我们上学。"

"如果我在这，是可以的。"

"我叫瓦奥莱特。你呢？叫马戈特吗？"

我打开水槽上方的橱柜，"马戈特是谁？"

"笨蛋，"她一边说道，一边在马桶座上前后晃动有肉窝的膝盖，扭来扭去，"马戈特是妈妈的第一个孩子。她年纪很大了，离开了，要是她在这里，肯定也不爱我们。你爱我们吗？"

我转身看她。她直勾勾地看着我,手肘歇在腿上。"我要擦一擦。"

"擦吧。你见过马戈特吗?"

"你见过吗?"她问。

"我想是见过。"

她扯出足够三个大孩子用的卷筒纸。我意识到她可能还没学会自己擦,而我在帮她父母的忙,虽然他们没有开口说。

"我们没有见过她,因为她不在。"她说道。

"死了?"

她跳下马桶,把团成一团的内裤扯回去。"什么意思,"她看着我问,"死了?"

我假装没听到。下楼后,我和罗杰站在料理台边,一起看着他给孩子晚餐做的炸鱼条消失在狗所在的桌下。

"奥托,"瓦奥莱特不停说道,"奥托,你要一根炸鱼条吗?奥托,奥托,奥托。"

我在狗边上跪下,"怎么样,奥托?"他抬起头,又转过去,似乎他自己也不确定。罗杰眼神清澈,脸上红色褪去。我看着他颤抖的双手,好奇你和他是否能够理解彼此。就像两个在酒吧拒绝喝酒的人那样理解彼此。

"马戈特是马科斯?"我问道。

我知道了,他似乎并不惊讶。那栋房里,消息肯定保密不了很久。我能看到瓦奥莱特一边在吃豆子一边盯着我。她觉得我们已经成了某种同盟，我意识到。"我不知道，"他说道，"或许吧。她走路跛脚。一开始就这样。我们找到她时就这样了。"

"**找到她**是什么意思？"

他非常缓慢地闭上眼睛，不再睁开。前门传来开门的声音。孩子们像一支橄榄球队一样冲出去，狗边吠边跟着他们跑。我看到罗杰的神色变了，放松了些。我们走到客厅。女人把包放在地上，上上下下打量我。"怎么了？"孩子们聚在一起，在沙发扶手上平衡自己。

"她来这里打听马戈特，"他说道，"她认识她。"

"马戈特。"一个孩子叫道，其他孩子也跟着叫。"所有人，"女人双手抬起，"所有人，"女人喊道，"去睡觉。"

我一个人在楼下待了快一小时。我带奥托到外面的花园，躺在一把扶手椅上，听着房子里轻微的声音。我一直觉得我们的生活曾有过多个方向，你所作的选择迫使生活变成了这样。但又或许没有选择；或许没有其他可能的结果。不论如何，我无法想象你和我成为这样，虽然也许你有时想象过。一栋在铁路边的房子，一片花园，你等我放学。有那么一阵，我觉得我看到花园尽头工具棚屋的窗口透出灯光，但光不见了，我想那一定是房子反射出的光。

劳拉走出来，站在扶手椅一边。我抬头看她，意识到她比我起初想的要更年老，五十好几，生不出那么年幼的孩子。

"我在想会不会有人来,"她说道,"告知我并不想知道的事情。你明白那种脱轨的感觉吗?"

我想告诉她自己再了解不过,但我开口道:"我想是的。"

"这件事没有终结。所以我们告诉了几个孩子。因为我们一直都在想她。"

"我遇到她那时候,她不是'她'。"我说道。

她摇摇头。"好吧,她跛脚?拖着一条腿走路?"

"是的。"

"而且她有点笨拙,不太会聊天?"

"是的。"

她打量我。"你比她年轻。"

"那时我还是个孩子,如果没记错,十三岁。我和母亲住在船上。马科斯,马戈特,有一年冬天也在船上。"

"是她。"

"可能吧。"

一阵沉默,久到有些尴尬。狗扒拉着走开了,在幽暗的灌木丛里捉东西。

"你有很多孩子。"我说道,真希望自己没开口。

她坐在椅子边缘。她靠得很近,双手交叠在大腿上。"马戈特走后我们试着再生几个,但年纪太大了又或者我们无法重新开始。没有孩子的日子不好过。过了很久我们才意识到这点。所以我们领养。我过去常常想——现在没那么频繁了,但也经常想到——有一天马戈特会回来，看到我们如何用别人将她取代。"

她站起来，一声口哨引导奥托去花坛里的一处土壤，用靴子踢了踢土，然后他开始刨。她双手插袋，站着看他。我挂念马科斯和与他在河上共度的时光，她肯定也在挂念他，因为她问：

"她怎么了？"

我深吸一口气，努力想说些什么好听的，说一些——至少——具体的、可以安慰人的。我不知道要说什么。"我不知道。"我说。

|河流|

早上,马戈特和查理坐在纤道上,吃大块的厚煎饼,放了许多辣椒,面团都是红色的。之后的一个小时,马戈特的眼睛都湿漉漉的。大多数时候,他讲,她听。他告诉她,他年轻时在运河上开船,一路开至伯明翰的水闸;到塞文河口,向南直到开不下去,向北直到开不上去。不过更多时候,他就待在那里,沿着老路线开来开去。

他的视力渐弱。起初,他说,右眼角处一块雾蒙蒙的,看不清。过了一段时间,也许是一周吧,他觉得这是一种在河上尾随他的东西,跟着行进,景色某处的一个污点和他速度一致。然而,另一只眼也出现了同样的情况。雾块扩大,他一度大受影响,没有转弯而是直直撞上了另一艘船。意识到自己时间不多了。在船头挂起一盏灯笼,每天在黑暗中行船。他知道。他就一直这么做,直到最后一寸的视线消失。

一天早上,他醒来后什么都看不见了,不能再开船了。

他双手握住自己的手腕,给她看手腕有多细;又一次说起他正在做的硬饵。他告诉她,他怀念开船的日子。

"为什么?"她问道。

"什么为什么?"

"为什么你经常开船?"

她想或许他不会回答,问出口后觉得尴尬。

"我在找人,"他最后说道,"我年复一年地在找一个人。"他不愿再说下去。随着呼吸嘟噜了一句,转过身。

"你感冒了?"她吸了吸鼻子,他问道。

"是的。"

"朝岸上擤鼻涕。"

她照做,倾身朝向泥泞的小路,按住鼻子的一侧。

"什么颜色的?"他问道。

"绿色。"

"你感染了。上船吧。"

他没等她跟上来就进去了。她不再怕他。因为他瞎了,或者因为他口中年复一年寻人而不得的伤感。船很干净,东西都整整齐齐。墙上挂着四口煎锅,勺子和叉子分别放在茶杯里。上船后安心多了。运河贼住在水里,在陆地上活动,但她认为它不会上船。她照他说的，在煤气炉上烧开水，倒进碗里，脑袋对着碗。

之后，他做吃的，她则坐着看。他在油里煎香料，香料煎得太烫了，整条船都是热气，他们咳嗽、急喘，回到甲板上透气。他说这是猪五花，给她看那一层脂肪。他叫她儿子或小伙子，她明白他并不知道她是女孩子。曾经，她还小时，罗杰——她的父亲——没有带她去理发店，而是拿碗罩住她的头，齐平地一剪刀下去。之后的好几个礼拜——急匆匆一瞥镜子里的自己——她都是吃惊的。她看上去真像住在隔壁的男孩子，只要这么一小下就能大变样。

他们坐在甲板上，喝她泡的茶。

"我在找我的孩子。"他在说别的东西时蹦出这一句。她静静坐着。他似乎专注于自己说的话，晃了晃，船也跟着晃动起来，仿佛他和它是一体的。"我找了她十年。或许更久。她被带走了。她很小，还不会说话。她妈妈带走了她。"

他把剩下的茶倒进河里。天上有星座。劳拉——她的母亲——曾教过她这些星座名，但她记不太清了，只零星记得：熊、犬、孤独。她想爸妈。她在手腕和脚踝的骨头里，在舌头背面感到这份思念。她几乎没听到他说什么。

"什么？"

"我说：你要到哪里去？"

天空晃晃悠悠向她靠近。她不想告诉他别人跟她说的话；如果还和父母在一起，她又会做什么。不过，还是得说些什么回答他的问题。

"你觉得,如果你知道将要发生什么,你是否能够阻止事情发生?"

"什么意思啊?"

意思卡在她脑袋里。她不知道怎么说出来。她觉得她永远也不会那么做——说出来。诉诸话语是否会使得某样曾闪现过的东西切实存在呢?

"你认为人生是一条直线吗?"

"一条线?"他似乎在思考,"不,不是线形的。"

"你能不能,"她开口问,心想这么问是否应该,"改变结果呢?如果你事先知道她会被带走?如果有人告知你会发生什么。"

"我会的,"他说道,"我会阻止她。"

她能看见他在二人之间呼出的气。瘸腿的骨头染上寒气,回响着。

"在我看来,"他说,"人生好比是旋转的。像一颗星球或围绕星球转动的卫星。你明白吗?"

"明白。"她虽不确定但还是作了肯定的答复。

"生活就是这样。有时它有一个明确的方向,但下一秒立刻天旋地转,在原地飞速旋转,快到你看不清。你只能时不时瞥见一眼,你坐在那里,你知道如果世事有不同的发展结果会是什么样,本可以是另一个走向。"

他们坐着。周边并不安静,充斥着河流的嘈杂声,不远处的她不知是什么鸟的啼鸣,其他驳船上的人声。她能看见映衬在渐渐昏暗的天空下的工厂、城郊。

"你会做什么呢?"他问道。

她的想法在脑中细细酝酿。词语插上了荆棘,热炭似的令人难安。"有人说,如果我不离开我的父母,我会做出什么事来。"她说道。

他坐着,似乎就此思考了一阵,接着嘴边吐出一团,吐进了河里。

这条河同火车是一条路线,她被火车经过的声音吵醒了。睁眼躺着,寒气透过毯子——这样很难不去想自己离开的理由。她起身,把帐篷拉开一道口,能看到头顶依稀有星光的天空,还有不远处的光污染,小路和河水一样漆黑。

她想不打招呼就走,回到河上的家,花园的一头倾斜向下,仿佛一台连接着运河的车床。

又一列火车驶过,离她很近,她能感觉到火车的呼吸。亮着白色灯光的车厢,向外张望的人脸。

她拉上帐篷。拉起毯子盖过脑袋。她一直认为有些人懂得比别人多,而这其中有一个人告诉她她该做什么。如果马戈特回去,她会杀了她的父亲。如果她回去,她会……她还没想到第二种可能。它不属于能从她口中说出的语言。它是尘土的味道,好像过期的酸奶或烤焦的吐司。

| 寻人 |

我坐在劳拉和罗杰家的餐桌旁,听他们说话。婴儿监听器里传来电流声,时有时无。有一种排了毒、卸下担子的感觉。他们等了很久,终于能说出这些话,倾吐到桌上,审视它们。

劳拉二十出头时,她的一位年老的姑妈去世了,留下了成箱的《私家侦探》杂志,掉渣的茶包,有污渍的马桶,一幢房子。房子潮湿,有几扇门或上了锁或木材胀开后无法打开。客厅里有几个装钥匙的碗,这些钥匙几乎什么都打不开。花园里有一棵苹果树,树根把篱笆弄坏了,还有一间摇摇欲坠的工具房。罗杰喜欢那小小的房间,阁楼上逼仄的、仅容人爬行的空间,花园尽头水流至白墙墙根的声音。劳拉说,那时他们的生活是这样的：租房，打零工。他们穷得叮当响。按罗杰的话说，他们穷得像教堂里的老鼠。

我能想象他们的样子。长发，手牵着手，隔着窗户看餐厅的菜单却从不进去，走路回家很晚才到，跟着路灯走。他们当时还没有孩子，但时不时地——一大早，迷迷糊糊时——他们会聊起给孩子起什么名。

他们在那里待了三个月，当地的几家慈善商店满满的都是他们清理、打包后送来的东西。他们卧室的窗玻璃薄得像刚结成的冰面。附近有面目扁平的猫头鹰捕猎，猫在拱桥上打架，桥下睡着流浪汉。

一天夜里，他们听到有声响，劳拉嘀咕："谁知道是什么。"她翻身继续睡。罗杰睡不着。声响没有停下，一直存在。他踩着拖鞋，套上劳拉的旧睡袍，戴上在前门找到的一顶帽子。屋边的小路通往拱桥，再往下就到河岸边了。他站在路边听。不是捕猎的猫头鹰也不是打架的猫。他想，这是一个孩子。

天太黑了，他看不清路。看不清河流的方向。他一步步循着声音过去。他担心自己会跌倒，磕到脑袋，掉进河里，从此消失。他接着走。路上有一个垃圾桶，一半被灌木丛掩着，垃圾桶堵住了去路。里面有个孩子，孩子身上裹着毯子，吸吮着橙子皮，在哭。"有一种《圣经》的感觉，"罗杰说道，"意外的神秘事件。"他抱起她，抵住自己的胸口，把她带回家。

是这个女孩找上了他们。两人无论是谁抱她，都能让她止住哭泣。他们做了上打的炸鱼条，她吃了。两人同她说话时，她似乎在听，他们离开时，她又开始哭。夜里，她哭着醒来，罗杰走到她房里，站在床头。一看到他，她就警觉地不动弹了。他们一起听着河水流经墙壁，楼下的洗碗机，阁楼上的老鼠。自那一刻起，他们就在向前滚，罗杰这么想到，一直滚动着，没有注意到下坡路的尽头是什么。

领养手续出乎意料的快。没有人来找她。没有其他人要她。第一个星期里，领养机构的负责人一天来两次。一位叫克劳迪娅的大块头女士，她打了眉钉，坐在那儿安静得让人常常忘记她的存在。他们的眼里很难再容下其他东西，除了那个女孩，他们在房里走到哪，她的眼睛就跟到哪。克劳迪娅最后一次到访，罗杰送她出门。他一直在担心。

"你觉得为什么没人来认领？"他问道。

她已经离她的汽车不远。她又慢慢走回来。"有很多原因。"

"你觉得是为什么？"

她往下一指那条河。"我刚开始工作时在运河上待过。是份苦差事。运河上，他们有自己的社群，自己的规则。出了问题，他们不会叫警察或儿童机构。他们有自己的权威。那是另一个世界。他们把她放在小路上，是想让别人发现她。没人来认领，是因为没人在找她。"

他们给孩子想了一个又一个名字，周周想，日日想。劳拉惋惜道，他们没有准备的时间。他们没准备好。一天，罗杰叫她马戈特，这个名字就像墙上的钉子一样留了下来。马戈特。

"我担心她有问题。"劳拉说道。
"什么问题？"我问。
"任何问题都有可能。我睡不着觉，"她说道，"我忍不住想他们。"
"什么意思啊？你在想谁？"
"她的父母，亲生父母。他们的基因在她体内掀起的劫难。人们遗传给孩子的远不止发色和瞳孔的颜色，不是吗？孩子就是一张基因地图。"

监听器里传来刺耳的声音，我看到他们身体一僵。过了一阵，再也没有传出什么声音了，他们才又坐回去，接着说。

马戈特是宽下巴，挺鼻梁，扁平手，再加上粗眉毛，让她看上去很可疑，有时还看上去面带讶异。她比同龄人高大，和马一样的膝盖，指关节相对手指来说过大。她较晚才学会爬，学会走路花了更长的时间——待她终于开始走的时候——个中缘由不言自明了。她的左腿微微拖在右腿后边，仿佛一辆新车拖着一辆生锈的货车。医生有一块链表，她会甩给马戈特看，但马戈特会害怕。医生按住那条坏腿，一点点捋直，双手握住那只脚。劳拉直瞪瞪看着X光片，白色的线条，还有黑色的团块。医生把笔塞进嘴里,指出异常的地方:马戈特左腿腿骨似乎受到强光或强力而扭曲了。她七岁时移除了腿箍。在漫长的冬天里,左腿腿骨在灼烧;到了夏天,她觉得自己能感觉到水积聚在她的关节里;春秋时,她仍记得这种感觉,从此再也没办法好好走路。

她很谨慎,甚至可以说疑心重——劳拉说——似乎他们教给她的都是骗人的东西。她不相信存在"钝角""番茄酱""抨击""小丑"这样的词汇。她不相信他们种到地里的东西会生长。不过,她双手灵巧,喜欢他们小心地带她在镇上、沿着纤道散步。日复一日,他们渐渐忘了她不是他们创造的。

偶尔,罗杰会看到她坐在床上,研究劳拉做的投射到天花板上比例错误、排列错误的星座。"在看什么呢,马戈特?"他会这么问,而她则把注意力放到他身上,回道:"没什么。"有时,她让他不知所措。她和其他孩子不一样,劳拉有时会停下来看那些孩子在操场上跑来跑去,一上一下地跳绳,骑自行车转圈。

"今天在学校做了些什么?"他们会问,而她走了一路,直到回家才想出答案,紧紧抿嘴。"我们画画了,"她回道,"我们跑步了。"

"跑步去哪儿了啊?"

她会皱眉,说出来的话连自己也不信,"我们跑到墙边。我们又跑回去。"

她的朋友——至少她父母能看出来的——只有一个，隔壁头发稀疏、说话不停结巴的小男孩。马戈特会过去，他们会一起找软绵绵的白色虫子，掏皮球虫的窝或堆一条小堤坝看水汇聚。他送她礼物：脉络奇怪的叶子，被虫啃穿的苹果，生锈到看不清女王头像的硬币。

一天，他爬到了两家花园的栅栏上，扔给她一张纸条。她看了看，把它拿进屋，给了劳拉。

"什么东西？"

"西蒙给我的。"

劳拉在台面上展开纸条，念出声来：**你能做我女朋友吗**。劳拉看了看她，没说话。马戈特拿走纸条，把它埋到花园里，可能她觉得它会长出来，像一棵倒挂的树一样长下去。西蒙来敲门，她不见也不再和他说话。劳拉看着她把每张他隔着栅栏飞过来的纸条都埋了，她一张都没看。

或许就是从那时开始的。页面上的词语，一个接一个地浮在空中，飘来飘去。她不会念，告诉他们这些词是爬来爬去的蚂蚁、动个不停。一位年轻的教师给她补课，开心地说她有进步。她能把整本书都读下来了。可当罗杰让她读时，他看到她闭上眼，背诵。

"你为什么不想读？"

她紧闭嘴巴，就是不说话。

"你为什么不喜欢词语？"

"它们动来动去?"

"你是什么意思啊?"

"它们不适合我。"她有时会这样说话——眼神坚决,有一丝吓人,好像一个被困在孩童体内的成年人。

马戈特十岁时,西蒙一家搬走了,隔壁的房子空了两个月后,有人搬了进来。她的名字叫菲奥娜。没有搬家卡车,只有——某一天——一个女人穿着红雨衣提着行李箱来了。马戈特对她莫名地着迷,他们都看在眼里,街上一有动静她就跑到门口,又或是坐在楼上的窗户边往下张望花园里的动静。她会躺在围栏底下,等门开,头发和嘴里都是泥土。耳朵贴住墙壁,两户人家共用的一面墙。没有那个女人的踪迹。罗杰和劳拉在水槽边、外出倒垃圾的路上或是用完洗手间出来时,都会碰到马戈特。"她是谁?"她问道,"是谁?"

"我不知道啊,"他们说道,"不如你去打声招呼?"

他们给她登门拜访用的香蕉面包,和她练习该说什么话。**你好,我住隔壁。我叫马戈特。**她才走到大门边就停下了,站着发抖,跑回家,上楼到窗边观望。

罗杰自己带着香蕉面包去了。菲奥娜正在漆楼梯,明黄色的油漆沾在她头发上。她给他做了香肠三明治和甜咖啡。一定要他玩塔罗牌,在解说时看到他的表情,被逗得哈哈大笑。他喜欢她。她说话直爽,喜欢笑。她几乎没什么家具——当她打开烤箱要烤香肠时，得先把里面的鞋拿出来。他听到自己说邀请她来吃晚餐，他自己也惊讶了。他和劳拉没几个朋友。走到门口，他告诉她，他的女儿马戈特很喜欢她。她看上去很高兴，握住他的手。

第二天，菲奥娜来吃晚餐。她就像一棵树一样高，干瘦，红唇。马戈特连餐具都没动。菲奥娜吃了色拉里的三块土豆，又吃了一片去了边的面包，喝了一杯水，然后回家了。马戈特跪在椅子上，捧着那一圈完整的面包皮，透过洞眼看她的父母。自那以后，菲奥娜常去吃晚餐。马戈特有些怕她。她有一种自然的力量，魔力。马戈特跟着她转悠，看她洗好苹果，啃苹果，走去洗手间。罗杰和劳拉饶有兴致和趣味地观察她对菲奥娜的密切观察。他们从没见过她对一个人这么着迷。她害怕邮递员和来修水槽的修理工；在学校，他们被告知她很内向，很少在班上说话。

"你觉得她是怎么一回事？"一晚，马戈特睡了，他们坐在花园里，劳拉问道，"你觉得为什么她那么入迷啊？"罗杰仰头看夜空。

"我说得不一定对，不过你记得她对特维格夫人的态度吗？"罗杰问道。特维格夫人是马戈特最喜欢的老师，她快六十了，说话轻声细语又不容置疑，罗杰和劳拉在家长晚会上都被她吓到了，可马戈特却一直把她挂在嘴边，直到她退休后搬去法国。马戈特对她着迷的样子和对菲奥娜一样，她被她们深深吸引。

至于被什么吸引,罗杰和劳拉说不清,但罗杰觉得可能是年龄。

"她喜欢年纪大的?"劳拉语带怀疑。他们坐着不说话。劳拉记得马戈特还小时从学校带画回家。她的画跟其他孩子的不同;冷冰冰的,只有棕色和黑色。不过,这些画还是被贴到冰箱上。其中一张画上有罗杰、劳拉和马戈特,他们顶上还有另一个人,那人有长长的手臂,大大的、友善的嘴巴。劳拉问马戈特那是谁,马戈特解释说是特维格夫人。所以,劳拉心想,并不是年纪而是权威,一种慈眉善目的控制感。

有一次——她十一二岁时——劳拉让她坐下,告诉马戈特菲奥娜以前是男人。

"有时候,"劳拉说道,"我们不想要现有的东西。把粥吃了。"

下一次她看到菲奥娜,后者在花园里除草,马戈特把嘴贴到挂着耳坠的耳垂。

"想听秘密吗?"马戈特说道。

菲奥娜点点头,抬起手轻轻按住胸口。"绝不告诉任何人。"

马戈特告诉她劳拉说了什么,也就是菲奥娜是男儿身,女儿心。

"的确如此,"菲奥娜说道,"就像一条鱼,虽然已经在苍鹭肚子里,但还活着。"

马戈特很好奇。好几个星期,她都在想那条鱼,冲出重重羽毛，寻找海水。早晨，菲奥娜会坐在自己的花园里，马戈特则递给她一杯茶。"可以吗？"她这么说道。接着，菲奥娜会从口袋里拿出眼线笔，弯腰在马戈特的嘴唇上画上一道细细的八字胡。

  罗杰和劳拉常常见到菲奥娜，多数和马戈特在一起，有时马戈特则不在；一起去中餐馆或在镇上散步。他们处得很好，不过有的周末，她不怎么说话或飘飘忽忽；有的周末她甚至不现身。她随身带着塔罗牌，戴豹纹帽，帽檐压至眉毛处。她常给她们寄明信片——总是寄给马戈特——不论她在何处都会寄来。她写道，**这里的天气现在不好，不过我知道会变好的。**

  很明显，马戈特热烈地、坚定不移地爱着她。她在屋子里走到哪就跟到哪，静静坐着听菲奥娜说话，听她的笑话大笑——在其他人面前，她从未笑得那么放肆。菲奥娜给她耍牌戏或是告诉她什么时候会下雨，哪天蛋会坏掉，马戈特立刻就信了。不听罗杰解释没人能真的作出预言。

  "菲奥娜可以，"马戈特说道，"菲奥娜知道。"

  她相信，罗杰心想，有种她这个年纪不寻常的确信不疑。她曾定定地坐在餐桌对面，犹疑地跟他说起命运。"你知道那是什么意思吗，马戈特？""知道，"她说道，"意思是我们没有选择。"为此他对菲奥娜生气，可当他找她谈时，她为自己争辩，告诉他不是她教马戈特这些话的，是马戈特自己想出来的。他的女儿像是另一个时代的人，或者像是——说句不好听的——来自邪教或宗教极端主义家庭。他好声好气地和她讲道理，他看到她的下巴渐渐僵硬。说不动她。"我相信，"她说道，"相信命运。"

马戈特十三岁时，他们有一个星期没见到菲奥娜，罗杰上她家发现房子空了，门没锁，水电都关了。第二天，门口稀稀拉拉的草坪上出现了一个待售招牌。几个星期后，来了几辆搬家货车，一户新人家搬来了。马戈特透过窗户看向外面。

过了一年，菲奥娜才回来。河岸边的房子被水淹了，人们都在把自己的东西往外搬，搬上山坡。街上满是头顶扶手椅或唱片机的人影。菲奥娜没有按门铃，而是来到屋后，站着往窗户里望。她很瘦，旧雨衣破破烂烂，脏兮兮的。她出事了，但她不愿说。罗杰把马戈特带上楼，去客房里铺床。他想跟她说些什么，解释或者安慰的话，但她似乎出奇的冷静，把床单的四角掖进去。这不是他第一次好奇她从哪儿来，她到来时又带来了什么。

晚上，他们听着菲奥娜走来走去，轻声地自言自语。他们担心她。他们没想过要请她离开，不过后来他们真希望这么做了。每天早上，马戈特会带一杯茶上楼，放在门口，下午又把茶拿下楼——茶水凉了，一口没喝。三四个月后，菲奥娜才喝了那杯茶，过了更久的时间，她才和他们坐下吃饭。她的体重渐渐增加了，能睡整晚的觉，开始和他们而不是对自己说话。

她回来后，马戈特和菲奥娜是同谋，技巧高超的躲避者，像贼一样狡猾——比以前更甚。马戈特只接受菲奥娜说的真相。相信菲奥娜说的水流、地下水位、陆地移动。听菲奥娜解释诸如"体外的""动产"之类的词汇。做噩梦了，她去菲奥娜的房间。罗杰常常撞见她们两个——天快亮时——躲在毯子下说悄悄话。他有些担心，担心她们凌晨的那些对话，一边想着那个倔犟的八岁孩子坐在餐桌边直勾勾望着他，谈论命运，谈论没有选择的人生。但菲奥娜看上去沉静些，更冷静了，更安静了。她睡得越来越多，争论越来越少，而马戈特——很明显——爱她。

他们不曾告诉菲奥娜马戈特的身世。也不曾告诉马戈特本人。他们在某次深夜散步时确定，说出实情反而会伤害马戈特，他们不忍心。她可能来自其他地方，来自其他家庭，但她现在同他们在一起。

河流

碎石山坡的树林间,乌鸦成群,接着又如拼图碎片般散开。现在——当不在逃离时——马戈特能好好地想象在那里的另一次生命,一副全新的身躯。她是他的孩子或——不——他姐姐的孩子;她的母亲死了;她在能自立前跟着他住。即便离开后,她也会去看他,给他搭把手。日子就和以前一样,慢悠悠,简简单单。他会教她做菜或削制硬饵,再用饵钓鱼。或许,有一天他们还会把船换个地方。他会教她开船——待他们在工厂的阴影下住腻了——他们会开走。一个人如何放弃他所知的一切?找其他东西代替。他叫她儿子或男孩,而她则想:也不是不可以。为什么不呢?

他告诉她,他的女儿在船上出生,他是怎么抱着她,抱起来贴住他的脸，湿漉漉的一团，仿佛被冲上了海岸。一个孩子。他的第一个孩子。他梦想成真。她开始用严肃、皱巴巴的脸关注他。她的头发长得快，干草的颜色；她开始拔高，增重。她蜷紧的手，小小的脑袋。他醒来，她不见了。都不见了。母女俩。她们似乎从未存在过，若不是看到了留下的东西：小小的袜子，她睡觉用的抽屉里铺的毯子。留下的还有：所有她还没学着要说的话；所有他们还未有过的对话。

两天变作三天。他们早餐吃煎饼或鸡蛋。他接着做硬饵，他一次又一次告诉她，这是为了钓更大的鱼。她对着他给的书犯迷糊，或是坐着看他钓鱼。有一种静静的安宁。

夜晚则不同。夜晚是缠结成一团的可能性，可怕的可能。她还是很紧张，不敢在船上睡，把帐篷支在纤道上，每天一早收帐篷，让路。纤道硌得她背疼。连续三晚，她天还没亮就醒了。帐篷后的呼哧声，道上或岸上的动静。她躺着一动不动，直到一切重归寂静后才发觉自己又紧紧咬住脸颊了；不管那是什么东西，已经走了。

"我也听到了。"她犹犹豫豫告诉他听到的声音时，他这么说道，"我一开始觉得是獾或者狐狸在翻垃圾堆。但我不确定。也许不是。人们说水里有东西，以前是没有的。"他从衣袋里掏出硬饵，拿起来，"我觉得它长着人的手，鱼的嘴。"

是运河贼，她心想。那个住在水里、在陆地上行走的东西。

它借水路一路跟着她。她闭上眼,在昏暗的亮光下看到某个长着鳞片的东西在浑浊的运河河底移动。它没有人的手,不过如果它能站立,和人差不多高,很狡猾,想要什么就偷什么。她在眼皮后看到运河贼长着菲奥娜的脸。

第四晚,她又醒了。她坐起来。帐篷里面有水,挂在内壁上,她的手臂擦过,湿漉漉的一片。帐篷外,有动静,很微弱。她拉起毯子捂住耳朵,想隔绝来自任何东西的声音。她不想知道。帐篷两侧在动,抖动。风。也许。但接着有一声巨响。船上的木质屋顶传来动静。她随手抓了把——装有余下的帐篷钉的背包——拉下拉链,趴着挪到了泥地上。传来一声怪叫。想到查理在船上,眼睛看不见,独自一人,她涌出了从未有过的勇气。爬上木甲板,推开双开门,下了三级台阶,趴在地上。包里的帐篷钉滚落四散在木地板上。传来大喊、打破东西的声音。路灯射出一点光线,但太微弱了,还是什么也看不清。她只看到闪现的几个画面。她能感到自己的嘴大张,意识到自己也在大叫。它在那里。运河贼。有什么东西擦过她身边,肉鼓鼓的,手指纠疼了她的头发。

"滚出去。"有人尖声道。她被推搡到一边,重重地砸在地板上。床边照亮了一张脸,双臂高压电线一般长,高举着,张开的嘴巴,昏暗躲避的双眼。她抬起手,滚开,将将避开了他咚咚移动的脚。她看向他身后的黑暗,那里肯定有东西,她听到了。什么都没。运河贼不在那儿。

"出去,"他喊道,"离远点。"他在墙上撞来撞去,每当她快撞上时又晃开。

"没事的。"她说道,他循着她的声音,用双臂撞倒了她,双手也寻到了她,拇指死死摁住她的喉咙。她开口告诉他,她不是他想的那个人;她不是运河贼。她开口告诉他,她不能呼吸了,但就连说出那句话的呼吸都不够了。她的手胡乱往下抓,想抓稳,但什么也没抓到。她的视线变得模糊,好像被尘土蒙住了。她的手指——摸索着——摸到了一样东西,抓在手里,接着下意识地抬起来,用尽全力朝她判断的他所在的位置砸去。

她能听到自己的脉搏。嘴巴和胸腔吸进炙热、痛苦的空气。她的手也发烫,汗涔涔的。她躺着不动。四周安静。传来查理早先做的土豆和洋葱的气味。透过窗户的光线展现出了零星的船身细节。发生了什么?她一直在睡。她听到了声响。接下来的空白叫她害怕。她腿上压着什么。她摸到橱柜的把手,借力坐起来。她放下手,落到了地板上某个尖利的金属物件。装有帐篷钉的背包敞开了。她扁平的手掌拂过嘴巴,温热,带咸味。压在她腿上的是查理。她抽出双腿,他滚到了一边。他两眼睁着,和以往没什么不同,旧相片胶卷般的一片白色。她感到一股惊恐生起,发酵似的,难以承受。她双手去碰他的脸,他裸露的手腕。他已经平静下来了。她两手握拳,按了按他单薄的胸口。他没反应。她的双臂对她的身体来说太沉了。她再次用嘴压住他的嘴,模仿以前在电视上看到的,想把空气强灌进去。他鼻子还在流血,因此她觉得他还活着。双手再次按住胸口,不断下压。她不明白。四周的路上有汽车驶过,工厂响起铃声,其他船只上传来人的声音。她尽量不去看他,但还是瞥到了些许:他的皮肤发紫,一只脚上的长袜几乎快要落下脚踝。

最终,她奋力起身,拉起窗帘,锁上门,翻了橱柜,找到了一罐豆子,吃了。她从卧室拿了一条毯子,盖住尸体。她以为这样能好过些,但她错了。这样更让她以为他还活着。

她肯定在某个时候睡着了,因为在她毫无察觉下,天色更暗了。船轻轻地拍打着河岸,仿佛有一艘小船刚刚驶过。毯子下是查理。他——她刚刚意识到——死了。她站起来,看到他身边的地板上露出帐篷钉的一头,这才清楚地记起来发生了什么:她两手在两侧乱抓,抓到了金属,她拿起来砸他的脑袋。她两手使劲捂住自己的脸颊。再一次,她没察觉到时间的流逝。等她抬头时,外面静得出奇,仿佛他们漂走了,漂出了城。她起身打开门,踏了出去,再把身后的门紧紧合上。传来燃烧的橡胶味,两条街开外的路灯灭了,道路和水面融进一片漆黑。她站着等人走过来,但没有丁点声音或动静。

她还留有体力。之后,她会记得她做了让自己都吃惊的事。她在小路上弯腰,摸黑找石块,揣进兜里。回到船上后,她慢慢地围着尸体——尽量不碰触皮肤——把石块塞进他身上发黄的睡袍。他比他看上去要沉，她想着应该在挪动他之后再塞石块的。但已经晚了。她两手在他的腋窝下撑起，空洞的眼窝，他头发的气味扑倒她脸上。把他抬上了第一级台阶，之后她没站稳。他的皮肤在她的手下黏黏的。她撞开门，把他抬到局促的甲板上，站在冷空气里呼呼直喘。吃力地把他拖到船边，停顿片刻，让他坠了下去。

| 三　这里的天气不好 |

| 农舍 |

你告诉我你快闲疯了,说我不能这样锁住你,说你得出去。

我把水壶放到炉子上,指指大门。"你没有被锁起来,走啊。"

"我不是这个意思。我们出去吧。母女俩出门。玩一趟。"

我看不出你是否在开玩笑,但接着你站起来,我看到你找到了一个旧的手提包,已经打包好行李。我好几年前买的包,可从没用过。你穿了一条半裙,面料紧绷在你的臀部和腰间。我快一个月没去办公室了;自从那天去了太平间,开始找你后,就再没去过。我得回去上班。带你疯癫的妈妈去上班的日子。

"好吧。"我说道,你容光焕发。

"我们去哪里?"你问了一遍,在公交车上又问了一遍。你靠窗坐下，指着过路的行人或停好的车。出门似乎让情况恶化了，你说的句子错误或误解层出不穷，我平静地一一更正。我正在成为你的传声筒。路上需要近一小时，你聊天打发时间，刚刚还握着我的手，现在又发出嘶嘶声，让我一边儿去。你说话的方式有点创新，总是想掩盖或带过其中的错误。你身上带了我们一起记东西的笔记本，出门时你往手提包里塞了一本。我看着你时不时想把弄不明白的那个词画出来。你不想我帮忙。"别说话，"你说，"别说话。"我们不是朋友，你是我母亲。你不许我怜悯你。

　　我们下车后走路去办公室。现在是暑假，街上挤满了人。你甩开我，窜到了奶酪店和书店。你指指点点，观察每个走过我们身边的人，说你觉得他们搞笑的地方。"看他的帽子，可真厉害。""那是短裙还是腰带，你觉得？"这一刻，我们是同谋，如同我们在河上那时候一样。你的关注和灯塔射出的光线一样。我在光线下睁不开眼。我想到马科斯的到来对我们来说一定也是这样。我们是那个地方的王。我们为所欲为。你是一个小仙女，一个安静的神。难怪我们能招致那天的事。难怪我们能在那晚看到波纳客。

　　我想到马科斯睡在我们船上的日子，一起躺在毛毯下，靠得那么近，我都能感到他在我脸上呼出的热气，他的眼球在眼皮后转动。你睡得像个死人，但他会做噩梦，在床垫上挣扎，撞向墙壁，说胡话，我睁眼躺着，听他说。他在那儿睡了一阵子——我想——时间长到我们养成了一个晨间惯例。你在门口的台阶上，一根香烟、一杯咖啡——妓女的早餐，你这么说道。他慢慢从不知什么噩梦中走出来，仿佛一个海员走出暴风雨。"你梦到了什么？"我会问，可他从来都不记得自己的梦。而你则捻掉烟头，两条白白的手臂伸展至头顶。我看着他的眼睛向你望去。

办公室从外面看有股压迫感，白色的石料，高高的大门，宽阔的窗户。你在鹅卵石路上停下，手一指。

"你工作的地方？"

"是啊。"我说道，有那么一刻的自豪，直到我注意到你的讥笑，明白你是在嘲笑我。

我们来到我的工位。我担心你会大喊，胡闹一通，跑掉。

"你要安静点。"我说道。

你看着我，手指在嘴边横着比画了一下。还是我离开时的那样，黄色的索引卡摊在桌上，笔都插在笔筒里，托盘上东西多到装不下。我一张照片或明信片都没。你打开抽屉，往里看。我看着你的嘴唇在动，可你什么都没说。越过隔间，我看到詹妮弗，我的老板，在朝我招手。我们走到她那里，她张开双臂，仿佛我们要拥抱，但没有。编纂词典的人不怎么拥抱。

"这是谁啊？"她问道，一边向你伸出一只手。那一刻我很纠结，在想到底要不要说话。这是我朋友，这是我那古怪的阿姨，这是我在照顾的人。说什么都好，只要不说那个亲密的词。

但你插了进来，勾住我的手臂拉我过去，近到我们俩的鞋子撞在一起，你伸出另一只手握住詹妮弗的手。

"我是她妈妈。我叫萨拉。"

我和詹妮弗说抱歉，离开了那么久。

"你需要多长时间就休多长时间。"

别人理解之后的怜悯让我为难。我谢过她，又问最近怎么样。我转头再看时，你已经不见了。我按原路穿过办公室。地毯被走来走去的脚磨破了。天花板上有几片扣板歪了，和我梦到的一模一样。我没有大喊着找你。我在各个角落里找，在桌下找，在卫生间找。哪儿都没有你。我上上下下。我再一次失去了你。这就是为什么你想出来的原因？你不经意地就融化消失了。我已经能感到自己内心沉重的悼念。你跟我说得太少，解释得太少。我永远也不会明白发生了什么。我意识到——一阵剧痛——如果你离开了，我会想念你；这一次会加倍想念。

你人未现声先闻。你在哭，耗尽了力气，扑到我的桌上。一个实习生在附近，手在空中捏紧了，又松开了。我摆摆手让他走开。

"怎么了？"我问道。

我对你很生气。我一把抓住你的上臂，想把你往上提，但你不情愿地乱踢。你抓起索引卡，把它们揉成一团。隔间上方冒出一个个人头，椅子被往后推。我看到你收紧的指缝间有几个我离开前在做的词汇。**遭受伤痛/不起作用/羊水**。你把它们撕了——当我再次走上前——塞进你的嘴里，吞咽，呛出几条黄色的纸。实习生像鱼一样张着嘴巴。我能看到詹妮弗慢慢地朝我们走来，开始小跑。你把最后一张塞进嘴里，看上去突然冷静了。眼泪在你脸颊上的城市里的灰尘上留下痕迹。我看着你把我桌上的打孔器放到口袋里，接着转身，伸出一只手，我握住了，因为不知道除了这样还能做什么。

"没事，"我对实习生、詹妮弗和其他人说道，"完全没问题。"

我们走回到楼梯口，往下走。我在颤抖，可你是平静的，近乎容光焕发，抹掉嘴角呛出来的东西，拍着我的肩膀。

"你在做什么？"我问你，"在做什么？"

"我之前想不起来那个词。但现在记起来了。"

我顿住，而你则走到我前面，下定决心似的上下晃动手臂。你的逻辑有些幼稚，你的双手压住齿缝间写下的那个词，你的舌头则伸出来要取回它。和我们在河上时一样：吃动物的心脏来获得它的力量。

我不知怎地记起有一次在火车站被人搭讪，那个男人穿亮紫色T恤，拿着一张纸，想让我写下自己的详细信息。他把一只橙子往我摊开的一只手上放，告诉我得了阿尔茨海默病的人会丢失自己的大脑，丢失的部分和橙子一般大。我想了想。你脑袋里被抠出来的那部分，就是橙子般大小。

我们突然间都饿坏了。我们在超市里转悠，恣意地往推车里塞东西。我看着你抱起一整只鸡放到推车里，我什么都没说。你从没想过要改改自己的语言，它渐渐退化了。你一股脑地说出几句话，指着面包说鸡蛋，似乎喝醉了，不自觉地发出激动的声音。你用第三人称称呼自己，似乎完全忘记了字母 M。

"你吓到我了，"我在冷冻柜的走廊上告诉你，"你让我在那里很丢脸。"

你定定看着我。怀里抱着满满的冷冻香肠卷和冰激凌。你眼睛的颜色和我的一样，那种毫不宽容的、毫不留情的灰。

"可是，我爱你啊。"你说道。

我不知该如何回应。

寻人

九月。罗杰的生日。一九九七年。马戈特十六岁了,在那一年年初看着太阳向月亮移动,盖住了它。

菲奥娜戴上围兜,用香蕉和巧克力煮炖羊肉;在厨房里说着脏话,来回跺脚,把几只锅摔得乒乓响,腋下的丝绸裙子渗出汗;最后放弃了,叫了外卖。

马戈特装扮了屋子,不嫌累地走来走去,把菲奥娜的珍珠挂在窗帘杆上,点亮壁炉上的一排蜡烛。她喝了半杯红酒。罗杰记得她脸上的颜色,她收集起来并上色后的七叶树果,果子包了起来,放在他能找到的地方。他记得她没有变化的模样,仿佛她失去了变老的能力,只能保持那晚的样子:贴脸的长发,笔直的鼻梁,因集中注意而皱起的粗眉毛。

劳拉记得那晚的菲奥娜：比平时更安静，来来回回地去卫生间，换了两次衣服，站在窗边若有所思地看着花园的尽头。有一次，她甚至走出后门，一路走到另一头，站在绿色的小工具棚屋前面。劳拉知道菲奥娜之后会做什么，因此记住了她；记住了她没有问别人便给自己倒了酒瓶里最后的酒，拿起餐盘、把它们拿到洗碗池里时走路晃悠悠的。她给他们所有人都叫了中餐，对春卷很失望。"它们不脆。"她说道，接着又说了一遍，"它们味道不对。"

"没关系，"罗杰笑了，带一点醉意，"别去管那春卷了。"

有那么一瞬，她朝他露出了一种表情，她伸出下巴，罗杰看到了，惊愕地往后一坐，其他人则变得安静了。"好吧，"她说道，一边晃动手臂，呲着牙笑，"别管春卷了。你说得对，老头子。非常对。"

周日，他们因为宿醉迟迟不起。劳拉起得晚，在厨房里泡茶。餐盘上放了四杯茶，给菲奥娜的那杯放在她房门外，然后去看看马戈特。床铺好了，当她去找人时，劳拉发现有东西不见了：一件套头衫、马戈特的徒步靴。当时她并没感到惊慌，但不久后是真的慌了。她走了。不是——像劳拉在长长的、扭曲的噩梦里经常做到的——被带走了，而是自己走了。她自己的选择。

那晚他们找了一遍又一遍，不禁想如果他们没有那么做，会发生什么。如果他们没有喝那么多；如果第二天劳拉要去学校上班，早早起来在冷飕飕的厨房里等水壶里的水烧开；如果罗杰下楼去检查门是不是锁好了，一如他通常做的那样。

原谅，劳拉说，是她无法做到的。直到一个人疲倦到无法再做其他任何事的时候，原谅才会到来。

罗杰在镇上找了个遍；回来时手指都冻青了，嘴唇是一抹紫色。劳拉翻了马戈特的房间，想找到某种提示，一条表明她不想走、她会马上回来的信息或密码。菲奥娜坐在桌边喝黑咖啡。她穿上了靴子和外套，但她没有起身去帮忙或打电话报警。她昨晚的唇膏还在嘴上。

"你看到她了吗？"罗杰问她，"你听到她离开吗？"

"我知道，"过了一会，菲奥娜说道，"我知道。""那是，"她说，"那就像太快起身后觉得头晕一样。"

她知道，而且告诉了马戈特。

"什么？"劳拉问，"你跟她说了什么？"

菲奥娜闭眼。罗杰看到她在哭，他吓得说不出话。"我告诉她，叫她走，"菲奥娜说道，"我叫她走。"

他们在路灯灯柱、汽车挡风玻璃上贴照片。上了当地的新闻。罗杰走啊走，寻找什么除了他没人能注意到的东西。劳拉开车经过一条又一条路，在服务站停下，拿着马戈特的照片到处转，希望能在疾驰而过的汽车外看到某个人影，竖起大拇指想要搭车。她爱干净：铺好床，一面墙上有一个矮架放书，洗漱用品整齐地排成行。劳拉双手挤到床垫下，掀起来，把书翻倒在地上，摇晃，翻衣橱里的衣服。他们整个早上都想逼菲奥娜开口，告诉他们她跟马戈特说了什么，可她不肯说，而现在，她的房间里也空无一物了。劳拉把所有东西装袋，放到马路边。早上，菲奥娜走了。

他们参加小组见面会，参与者的孩子都是自己选择离开的。有几次，罗杰去了孩子去世的人的见面会，但那不一样，他早就料到了。他在那里是个冒牌货。他的孩子不想和他们待在一起。他的孩子从来就不曾真是他们的。

劳拉不去想，转而工作：负责课后的社团，拿了教师资格证书，这样她就能全职教书了，下班后去咖啡馆，坐在窗边批作业。

罗杰喝酒。大多数时候，他从啤酒开始。他不去酒吧或别人面前喝；他在卫生间喝或是出门散步时把啤酒罐放到外套口袋里。之后，其他人怎么走过来的，他就是怎么走过来的。一天天除了睡觉就是空白。他记得马戈特还小时，她那么笃定地说没有选择，一种决定论。他想象过——这或许是最糟的——她开始觉得自己没有选择，她注定要离开他们。他不敢去想。他情愿天天喝得稀里糊涂也不要有一刻时间去那么想。

菲奥娜最后回来了。当中隔了长长的几年时间，起初是罗杰喝酒的问题，然后他们试着要孩子，可就是没有。她流产了，罗杰喝醉酒出了车祸。劳拉曾有六个月住在别的地方。也有重归于好，幸福慢慢回来了，但这种幸福仅仅到他们不会放弃彼此的程度。菲奥娜再次出现时，可能是七年后，他们已经收养了两个孩子，之后又收养了两个。罗杰的酒戒得反反复复，又开始喝了。晚上或是凌晨，他会把啤酒罐或酒瓶埋在花坛里，把脸埋在冰凉的草丛里清醒过来。之前喝酒时，他看到过——看着马戈特吃力地从地里爬出来，她听到他知道并不存在的说话声。那晚，他看到透过工具棚屋窗户射来的灯光，想找一把武器，可只找到在喝的酒瓶，举起来，猛地推开门。他们不怎么用棚屋，好几年来，里面堆满了坏了的花园椅、一台旧除草机和几箱圣诞装饰品。所有这一切都被收拾成堆，一把花园里的躺椅被拖了进来，上面罩了一块毯子。菲奥娜在屋子中央蜷成一团。他扶着门框，将酒瓶举高。菲奥娜看上去——他说——比以前任何时候都糟。有时候她会和他对视，可大多数时候她会看向他身后或抬头看天花板。她太瘦了，她无意中用手捋头发，头发结成一团团。有那么一刻——他承认——他想过把酒瓶砸下去。但如果那么做了，她就永远不会告诉他们马戈特去哪了。

他把她藏了将近一个月，偷偷带干吐司和意面过去，看她一口气把食物吞下去。有一段时间，她一句话都不说，只是望着他,吃他给她的东西,睡在躺椅上。偶尔他会问她,坚决要求,大吼大叫。偶尔他会哀求。她什么都没说。他常常想她以前出门时给他们写的明信片。**这里的天气不好。**那几个词喃喃地落在地毯上,他每天喝第一杯咖啡时会这么念出来。他最终告诉劳拉时,他以为她会把他们俩都赶出去,换掉门锁。可他们都明白,只有一个人可能知道马戈特的下落,而那个人正住在花园尽头的棚屋里。

河流

河面上低矮的石桥,紧挨在一起的房屋,坍塌的河岸。马戈特躲进一丛灌木里,看着一群体重超标的警察站在小路上,找路人问话。他们熨烫妥帖的裤腿上溅上了泥巴。她想象他们在船边会合,苍白的脸凑到窗户边上。她在等,等他们沿着小路朝她走来,架住她的腋下,告诉她他们找到了一具尸体并且知道她是凶手。她把谜语书从船上拿走了,他们会在她的包里找到它,然后证据确凿。她解开左脚的鞋带,又系上。一个警官往河里踢了几块鹅卵石,看着石头下沉。她闭上眼。她想起查理叫她小伙子或儿子的语气,他确信她不是女孩。她想起其他船上的人,他们肯定看到她走下台阶,和查理一起坐在屋顶上。她想到他们是怎样拉动尸体的——叠加着水和水草的重量——把尸体拉出水面，在他身上系绳，还有滑轮。她睁开眼时，警察已经离开纤道，走到马路上，上了车；路人都走了。她站起来，继续走。

一段回忆。菲奥娜住在隔壁房子里时，马戈特会去她家吃早餐——吃完香蕉花生酱吐司后——会看她剃毛。剃刀顺滑地在皮肤上移动，刮擦声和毛发让水槽变暗，菲奥娜的脸在镜中望着她。"每一次都越来越浓，"她说道，"越来越密。"

她来到一处船坞，旧拖船从水里拉了出来，等待上漆，供租赁的驳船停靠在这里过冬。水边有一家小店，她就站在店外。她好饿。她走进店里。卖的是大桶大桶的船用油，脏兮兮的袋装土豆，折叠起来的河道地图。

在告示板上，她看到一张寻猫启事，走近细看。边上还有七八张类似的启事，大多数是找从船上或俯瞰船只的公寓楼里走失的猫猫狗狗，但有一张，她看到，找的是一只一直住在这附近的山羊。她拿了一个篮子，节俭地买了一些，她拿起的东西有一半又放了回去。

除了面包、果酱和瓶装水，她还买了一卷保鲜膜、一包剃须刀和一把剪刀。走出店门时，她又看了一眼寻找走失动物的启事。它们在哪里？它们不见了，她想，消失在夜里，就像她一样，像查理一样。她在路上吃了四片面包，急急忙忙地吞下去，继续前行。

当晚她睡着后，她杀死的那个男人在她的梦里，她无法让他离开梦境。第二天，他依然在那里，在她的眼皮后，他的脸不断闪现，接着就像一只快要熄灭的灯泡一样慢慢退去。她看到他时，他已经不是瞎子了，也不是死人。他变年轻了，他脸上的皱纹没有了，朝她抬起一只手。

她已经下定决心要做什么，而且永不回头。做男孩更容易。没人告诉她这点，但她就是知道。没有镜子，所以她弯腰对着水面看自己的倒影。上唇和下巴处有金色的毛发。撕掉毛发，她的脸变得光滑，发红。她留着她父亲喜欢的发型，过肩，自然地披散。她剪掉没用的那部分；只剩参差不齐的短发。问题在于，即便她穿宽松的T恤，还是能明显看出衣服下面是什么。不大也不浑圆，但就是在那里。不可避免。她慌乱地脱下T恤。空气太冷了，直戳她的腹部，冻得她不敢喘气。她用保鲜膜包住胸部，包了一圈又一圈。

她继续走。一条泊船用的绳子紧绷着延伸至水下，拉住一条半沉的船。如果她使劲去想，她会靠意念让现在的自己消失。她四岁，在花园里转圈，两臂伸直，碎片状的世界闪过。她十岁，把隔壁传来的小纸条埋到土里。她十四岁，菲奥娜往蛋糕糊里扔辣椒，她把辣椒从里面捡出来。她十六岁，不再是以前的她。她十六岁，需要一个新名字。

|寻人|

早晨,他们在门口排成一列,各自穿鞋。罗杰告诉我,他们要去公园,冰箱里的东西我随意拿。劳拉问我能不能把碗碟洗了。他们走后十分安静。我看向窗外。花园狭长,棚屋就在另一头。我把奶酪切小块,喂给奥托吃。我想我能听到你在我身后平静地说话。**我们得抓住它**,你说道,**我们会抓住它**。

"我们会抓住什么?"我问,没有回应。

我四处找了找,找到了电话。老式电话,用的是拨号盘,而不是按钮。我拨下办公室的电话号码。

"格蕾特尔?"是负责词典部的女人。她叫詹妮弗,身边总有一种惊慌的氛围。

"抱歉,我没打电话说一声。"我说道,"我有急事,需要再休两天。"

电话另一头沉默。

"可以吗?"我能听到她的呼吸声,"詹妮弗?再过几天就好。"

"有人给你留了信息,"她说道,"我给你发邮件说了这件事。有人在半夜打电话来,办公室一个人都没有,留了一条语音。"

"谁留的?"

"我不知道。我打电话过去,发现是一个电话亭。我以为你知道是谁打来的。"

"能放给我听一下吗?"

"好的。我确定这是恶作剧。一个玩笑。你知道的。我现在就放。"

她把电话听筒放到扬声器边上时发出碰撞声,接着是自动语音播报留言数量,她按下键后的哔哔声,咔嗒一声开始播放。

一开始几乎是寂静的,只有电话亭外的背景声:一辆小汽车或卡车驶过,有人走过人行道,轮胎碾过雨水或沙砾的声音。长久的寂静,久到我以为詹妮弗搞错了,误把机器关了或把听筒挪开了。我张嘴叫她的名字,接着你的声音传到了我的耳中。

"格蕾特尔,"你说道,"格蕾特尔,我迷路了。"

奥托在花园里刨洞,他一看到我便翻滚着露出肚皮。晒伤的草皮下的土地硬邦邦的。社区里的路灯柱上贴着限量供水的海报。我在屋里收拾好背包，找到了钥匙，跑到汽车边才意识到我还是不知道你在哪里。就连你似乎也不知道自己的方位。我走到棚屋，双手握拳敲打门板，喊了一遍又一遍，直到门被打开。门开后我还喊了一阵，举起手臂，脑袋向后躲。我睁开眼睛看到她，这才意识到我吓到她了。很好，我心想，我很高兴你被吓到了，我很高兴你是害怕的。

菲奥娜只允许我站在门槛处，再往前就不行了。她给了我一杯浑浊的水，盛在玻璃杯里，我假装喝了一口。她的手腕纤细。屋子里有一张铺了毯子的单人床和一个瓦斯炉灶，灶上有一只平底锅。角落里有一堆原本装豆子的铁罐，已经洗干净了。没有其他东西。她看上去像是从煤矿里爬出来的，想找个抓手出去，她太久没见到阳光了。她不高，佝偻着背。她看着就像在办公室附近的商店里赌马的老太太。即便我勾起手指，要把她的眼珠抠出来，也不可能让她转动双眼。她的嘴唇上、两眼间和下巴尖上长了浓密的深色毛发。有一股她在这里居住、很少出门的气味。并不是说不干净，而是住太久了。我想知道她会不会用外面的水管在晚上冲澡——正如我们以往在河上时那样——孩子们透过窗户偷瞄她，冰凉的水冲在她向上仰的脸上。或者她会不会趁大家睡着时溜进来，光着脚，在身后留下一串泥脚印，在水槽边洗漱，在冰箱里翻找任何过期的东西。她看上去没挨饿，似乎有什么吃什么。我懂那种感觉。

我看着她，突然明白为什么马科斯那么迷恋你。你走到哪他跟到哪，仔细观察你，看你要做什么，或是专注听你说话的样子。罗杰和劳拉谈起那位老师时说对了；马科斯喜欢强势的、年长的女性。马科斯爱过菲奥娜，之后又爱过你，这是他唯一有可能会做的。

"我认识马科斯。"我说道。

"我一个马科斯都不认识。"

她的皮肤开始衰老。我想到那个电话，那个在赛马训练场的女人说你出现过又消失了。时间很紧张；我想抓住她的肩膀不停摇晃，直到把她知道的一切都抖搂出来。

"你认识她的时候，她叫马戈特，你叫她离开。"我说，"在那之后不久，她到了我那里，我和我母亲一起住在河上。"

我往棚屋里走了一点。她用床把我们隔开，牙关紧闭。我开始明白，在他们面前说起马戈特的名字和在我面前说起你的名字一样；那个在我餐桌边的幽灵，坐在那里，吃着所有的食物。她头顶的头发变得稀疏，能看到头皮。

"我只想知道发生了什么。"我意识到自己还举着双手。慢慢放下。

"为什么？"她问道。

"因为这也许能帮我找到马科斯，马戈特。我需要找到她。"

"为什么？"

我看着她。她的脸有点像一堵砖墙，被抹平了，没有缝隙。

她守住她的秘密很久了。

"因为,"我说道,"我觉得我母亲可能出事了。我已经十六年没见到她了,但我现在必须找到她,马科斯可能知道她的下落。把你那晚说的话说给我听吧。"

"你不会告诉他们?"她的声音纤弱,很久没说过话的感觉。她两指对着我,我明白那是在威胁我。

"你不会告诉他们。"她再次说道。

"我不会告诉他们。"

她盯着我。"对我有什么好处?"她问道。

"什么?"

"我从没告诉过任何人。我保守着我的秘密。为什么要告诉你?我需要得到点什么。"

我掏出口袋里的钱,几张叠起来的二十英镑纸币,伸手递给她。

她摇摇。"我要那个干什么?"

"我不知道能给你什么。"

"我给你什么,你就给我什么。我想知道发生了什么事。"她微微颤抖。

"发生了什么事?"

"你遇到她的时候,她和你住在一起的时候,她怎么了?"

"我不怎么记得了。我逼着自己忘记了绝大部分。抱歉。"

她一句话都没说。我吸了一口气,告诉她我和你一起住的那条河与那艘船；马科斯在某天带着他的帐篷出现，住了一个月。说着说着，我意识到自己记住的比原先以为的要多；不知不觉间记忆在恢复。我告诉她我们玩拼单词游戏，读百科全书，做风铃和捕兽夹。告诉她，我孩子气地爱上了马科斯，全心全意，不顾一切。我告诉她你的事，你教的百科全书上的内容，你的暴脾气和长久的、冬日般的感情。"我们害怕某样东西，但我不记得是什么了。"我说道。

我停下，感觉被拧干了水分，近乎羞愧。看看吧，你的形状穿过一切重要的东西，侵蚀了马科斯，甚至快侵蚀了我。不论如何，菲奥娜摇摇头，还不满足。

"怎么了？"

"这些不够。"她说道。

|河流|

新真相。她叫本或杰克或马修。她叫莱纳德,她是男孩子。她叫皮尔斯或约尼或莫西斯。她叫乔或大卫或彼得。她没有离家出走。她没有遇到一个叫查理的男子并杀了他。她叫亚伦或布拉德或马丁或理查德。她叫阿拉斯泰尔或杰克或哈利。

河流锲入大地。这不是好事。她走啊走,直到睡着。她看到或是路过或是停靠着的船只上的人,他们看着她,清楚她看上去不像男孩。她看上去介于男女之间,不确定,不完整。她看上去像刚杀完人且永远不会将之忘却的女孩,这件事永远留在她的口袋里,她的嘴里。她尽量低头,仿佛快埋到胸口,继续跋涉。有时,路变得很荒芜,她得强迫自己硬着头皮向前才能通过，双臂被黑莓的枝条割伤，血液在棕色灌木丛的映衬下是浆果一般的红。

她穿过一座小镇，镇上有几个男孩子骑自行车，大喊大叫。几个跑步的男人穿着亮绿色的短裤，迈开修长结实的大腿。几个路上的行人把狗屎踢到树篱中，一手伸进口袋找口香糖、手机或钥匙。老人家戴着棒球帽，在天气暖和时自己驾船，喝着咖啡，点头打招呼。她想找一具适合她的身体和一种适合她的动作。可她怎么也做不对。

她模仿他们走路——这些男人——晃动她的双臂，在地面上踏实了。她仔细观察他们，照着他们嘴唇的动作，学他们大笑或说话的样子。她想变一套戏法，让她能像他们一样行动，试着扭转它，把它呈现出来。她记得那个渔夫语气里的威胁，想到罗杰的微笑和隔壁那个男孩皱眉的样子。

最终，她想到了船上的那个男人，想到了查理。她记得他行动的方式——有点笨手笨脚，但也有自信——在厨房里，伸手拿刀或几瓣大蒜的时候。想到他说话的方式，他带出的种种谜题。她闭上眼，挪动双腿，想象查理年轻时的样子，还没瞎时自信地从船沿跳到岸上的样子。这会是——她想——某种悼念，一种道歉的方式。她伸手往下，双手用力压住潮湿的土地。她感到马戈特在消失。惊愕地在路上停了下来，再往下弯腰。感到一股突如其来的巨大的悲痛，源自消失的、抛在身后的、再也无法说起的东西。

他叫马科斯。他不记得他的父母。他正沿着运河走。他一个人都没见着,没和任何人说过话。他喜欢跑步,钓鱼,听谜语。他和其他男孩一样走路,停顿,倾听,说话。

就算有什么东西袒露出来过,它已经不存在了。保鲜膜紧紧裹住他的胸口,汗水汇集在保鲜膜的褶皱里。他用手掌抹脸时,他觉得自己可以感到毛发在生长,有些粗硬。他捡起一块石头,想让它在河面上跳跃,如同他想象其他男孩会做的那样。男孩子不会因为水里看不到的东西而忧虑。男孩子不会因为船上发生了什么而忧虑。男孩子会睡个好觉,不会梦到自己躺在地板上,抬头看到查理静止、凝望的脸。感冒似乎没有以前那么难受了。饥肠辘辘变成了远方的威胁,沉到了他的肚子里。男孩子会有什么吃什么,节俭,吃苦。男孩子不会哭,也不会双手拢住曾装有帐篷钉的背包的豁口。

| 寻人 |

我再次给办公室打电话，但没有新的信息。我用罗杰和劳拉的扫描仪扫描了你的照片，打印了五十份寻人启事。我把这些启事带去报社、卖酒的小店和加油站。我没有去警察局。我能跟他们说什么呢？你失踪了有十六年。我在一条绿荫浓浓的住宅区的街上停车，把启事塞到其他车辆的雨刮器下面。我一边塞，一边意识到这有多么可笑。我为了找你而贴启事的地方，罗杰和劳拉肯定也曾贴过启事找马科斯，而当时马科斯一直和我们在一起，在河上。我知道很快我就得去那里跑一趟。那是唯一一个还没去找过的地方，也是我一直认为你所在的地方。你是乱糟糟的河流；你是夏天树皮剥落的松树和到处布满了我的金属捕兽装置的土地。我抬起一只雨刮器，把启事塞到下面。

我还没准备好回到那里。

气温升高了一个级别,罗杰提议去泳池。我们坐在桌边喝他做的咖啡。所有的窗户都打开了,奥托四肢伸展地趴在我脚边的地板上,露出舌头。

我避免去看棚屋。我记起的事越来越多,但没有一件事足以拿去和菲奥娜交换。我记得八九岁的时候,你在一个酷热的早晨给我做了风筝,你的头发编成麻花辫,还有几缕鬈发,嘴里咬住线的一头。我们把风筝带上船上的屋顶,你在头顶伸展双臂,大喊一声放飞风筝,风筝仿佛因为这喊声高飞起来,在我们头顶螺旋上升,乘风而去。我记得你久久没有说话,有时候几天都不开口,静静躺在床上或坐在屋顶上望着水流。那些天有大喊大叫的争吵,摔碎的餐盘和咒骂。现在想来,我觉得你无缘无故地发脾气,只是为了坚持自己的立场。那时你剃光了我们的头发。或者有时你会告诉我,我和你是多么相像,这并不好;对我来说,那样并不好。"得改变啊。"你说,"好好想想,当自己是别人家的孩子。"你总是说起太空,行星的顺序,被送上天、永远也回不来的那条狗。这个世界无法满足你。你总是觉得还有更多;你一生都在等待有更多的事发生。

罗杰拍拍我的手,说了什么。

"什么?不好意思?"

"你走神了。我说,你要不要借一套泳衣?"

实际上我想待在原地。

事实是，我有点怕水。我起身，给自己续上咖啡，这样一来我就不用看着他了。

在别人家里，在我还不习惯的地方，我有些无所适从。昨天我尽可能搭把手。我清扫了厨房，用吸尘器把客厅吸了一遍。我并不想做菜，不过还是拿着劳拉细致的购物清单去了当地的超市。**牛奶、无籽蜜橘、牙膏、尿布**。我坐在沙发上，身边是一群扭来扭去的小孩，给我什么我就念什么。小宝宝还不会说话，但其他几个孩子念出声来，读音错误或是完全自造单词。瓦奥莱特抵住我的手臂，脸往我的胸部蹭。"我能听到你的砰砰声。""我的什么？"她在我手臂上拍打，模拟我的脉搏，这么向我解释。

"我从没见过怕水的人。"罗杰说道。

我犹豫不决。他们告诉了我他们的信息，别人都不知道的信息。而在他面前，我对自己的事只字不提，这么做似乎不公平。信息已经成了用来交换的东西。

"并不严重。不是怕水。我只是尽可能避免下水。我想可能跟我在哪里长大有关。你知道的，我在河边长大，那里——"

"马戈特去了那里。"

"是的。我记得一些事。大多数是关于我母亲的。还有一点是关于运河的。还有那天，马科斯——马戈特——来的那天。但除了这些以外，就像暂时性的视力丧失一样。你有过这种体验吗？"

他哼地笑了笑。

"对不起。整个记忆都被吞没了，淹没了。我试着去回想，但想不起来。"

"奇怪。"

"但我能看到记忆的尾部。"

"尾部？"他的鼻子向上皱起。他的脸和马科斯长得不像，他的嘴唇和眉毛都很细。

"我能想起自己做的事或说的话。"我解释道，"能追溯到那里的我的问题。我想怕水就是其中一件事。我觉得在水里发生了什么事。可能吧。我不知道。"

"好吧，你该下次水。说不定能想起什么来。"

"你的意思是，迫使我记起来？"

"不试试怎么知道呢？"

我把脚后跟贴着厨房地砖，地砖有些凉。"你现在知道她去了哪，"我说道，"难道你不想去那里看看吗？看看她还在不在。即便她不在那里，也可以看看她当时落脚的地方？"

他在餐桌上滑动咖啡杯，接着又拉回来。"我们聊过这件事。"他说道，"劳拉说我们该去看看。有朋友能帮忙照顾两天孩子。劳拉觉得我们会找到她。就在那里，她正在等候我们，她还是一样的年纪，当然还是一样的性别。仿佛她……"他看上去在苦苦思索正确的用词，"结成了一块晶体。"

"你该去一趟。"我向前撑起身子,离开座椅,几乎站立,"我查过地图。并不远,一点也不远。即便她不在那里,你也能看看。或许你会了解更多。宣泄下情绪。"

想到这里,我感到兴奋,我好奇这种兴奋是因为我能帮助他们,还是因为他们而不是我会去到那里,甚至可能找到马科斯和你,把你们俩都带回来。我希望是前者,但我不确定。就我一直以来的生活来说,我并不觉得我会有无私这种品质。

"你不明白。"罗杰说道,"我们聊过,可如果她能回来,就肯定已经回来了。我们一直在等。她在哪里?这意味着她没回家。她有了新生活,或者她死了。我们在这里,就是希望她想找到我们;我们从没离开过,就是指望她有一天能回心转意。"他细细打量我。"你一定明白的。为什么你之前没有找过你母亲呢?"

"我找过。"

"但你后来不找了?"

"是的。"

"为什么?"

"或许是同样的理由吧。她不是被迫出走。她自己想离开。我想这是她的天性。但我觉得现在她需要我去找到她。"

"好吧。我们去泳池吧。如果你不愿意,也不必下水。你可以站在边上。这对你会有好处的。"

我心想我可以和他理论,但当所有人都开始收拾东西——

船上夹脚拖鞋，收拾背包——我也跟着一起收拾了。那样似乎是最好的。他们像是一支军队，而我，则突然地、莫名其妙地被他们携带走。我希望——不知为何，肚子里生起一种感觉，几乎是痛苦的——希望有一个大家庭，人多得坐不下一辆普通的轿车，得坐满一辆公交车，他们带着我一起走。

到了泳池，一堆人都挤在贩卖机前，于是我自己一个人走进更衣室。现在是下午两点，几乎没人。有一位女士在冲澡，什么都没穿。或许，等我年纪再大点，会有这种爱好，一种日常或结构，一种舒适的生活。没有隔间。我找到一个空位，开始换衣服。我从劳拉那借的泳装，胯部和臀部很紧。我胖了点。我低头一看，意识到胖了以后我更像你了。我不清楚自己对此有什么感受。似乎我离找到你的物理距离越近，我就越来越像你。劳拉带着几个孩子进来了。

"格蕾特尔，格蕾特尔，"瓦奥莱特说道，"你要是不冲澡，是不能进去的。"

"我不冲澡的。"

"从没有冲过澡？"

"从来都没有。"

小宝宝被塞到我的怀里。他似乎知道在我这里不会好，大声叫喊，喊得浑身发青，接着吐在我泳衣上。

"现在你得冲澡了。"瓦奥莱特说道，似乎对自己很满意。

现在回去为时已晚。在泳池边长长的窗户里，我能看到自己，映像是模糊的，脸是白色的一团，腿形不好看。空气中的氯水味灼烧着我的喉咙。我不知道为什么在那里。通往跳板的楼梯映在水面上。瓦奥莱特爬到了半空：小小的脑袋，亮绿色的泳衣，细小的昆虫似的四肢。罗杰叫了她一声。我能看到劳拉在浅水区的一头，和宝宝一起跳上跳下。屋顶在旋转，直到我用双手盖住才停止；窗户发出噼啪声，吼叫着。我能听到我们的船附近的水闸隆隆作响，闸门重重地打开又闭合。我能看到你在船舱的屋顶上，手臂上扬，可并没有风筝的踪迹，你的嘴巴张开，喊叫，你说的话还没传到我这里便被裹挟着走了。

我没看到瓦奥莱特跳下来，但听到了水花的声音。她在水下呈现出一个绿色的、扭曲的色块。游泳池另一头，一头金发的救生员正在跑来。我把脚趾贴到泳池边，觉得自己在水下看到了什么东西，在角落里的金属台阶下方。我已经向前跨出一步，掉落。

水比我想象得要冷。瓦奥莱特在我下方，不断下沉，一动不动。

我往下朝她的方向踢，眼睛在氯气消毒过的水中强睁着。金属台阶那里有动静。当我朝那里看去，波纳客正朝我们过来，贴在瓷砖地板上，它的双腿缩进肚子里。它的喉咙是苍白的，厚重的，尾巴在身后摆动。这是一种史前的、满布皱褶的、带斑点的金色；下方闪过一抹白色。它长长的、呆滞的脸转向我们。

　　我抓住瓦奥莱特泳衣的肩带，屈膝，双脚用力往上蹬。水面看上去还很远。我能看到上方折射的人影，他们衣服的颜色，他们挥动的双手。空气一路向下灼烧。瓦奥莱特正在咳嗽，手脚胡乱挥动。她的一只手碰到了我的鼻子。水里有血的颜色。有人正把我往上拉；泳池的边缘刮蹭了我腿肚上的皮肤。声音层层叠叠地出现，所以我没听到宝宝在尖叫，劳拉在大喊，直到我站了起来。我在水下找我遗忘的东西，在台阶处游移或沿着池底摇摇晃晃地走，浮出水面，它拖着自己的身体往浅水区的一头走，靠近我们。

四 咚咚，狼来了

| 农舍 |

我想如果不工作,我会发疯;我们应该建立一种体系;我们不能永远这样下去。我跟你说,每天早上都必须有一小时是安静的。

"安静?"你问道,似乎从没听到过这个词。

"是的,"我说道,"别说话。实际上,必须有不说话的时候。你可以和我一起坐在客厅里,我在工作,所以你必须安静地坐着。别说话。你得默不作声地坐着。"

你的头倾向一边。"工作?你才十三岁啊;你没有工作,格蕾特尔。"你说得如此确凿,我想不出怎么回应你,只能伸出一根手指当作警告,直到你转身,靠到扶手椅上,闭起双眼,好好坐下。

我给詹妮弗发了一封邮件,她立刻回复说很高兴看到我的回复。她给了我一个词。一个简单的单词:**extraordinary**(非常)。我煮了一壶咖啡,给你倒了一杯并放到你的椅子边,坐到书桌前。这一周来第一次,有了宁静的感觉。我低下头,刻意不去看你。我能感到你在注视我。我拿出索引卡:白色的是引用,蓝色的是参考来源,黄色的是草拟的定义。我喝了一些咖啡。

我刚开始编词典时,我还年轻,当时仍旧常常想起你。你存在于我的体内,随着我日渐年长而淡去。我仍旧能张口就说出一句话,并且知道之所以说出那句话是因为我在你身边长大。你造就了我,而我只想把你挖出来,从我体内直接挖出来,就像阿尔茨海默病会夺去一个人橙子般大小的大脑。你占据了我;你统领我的思维。我上班,每天坐在同一张桌子前,想象有某样东西在伊希斯河里游来游去,想象你动动嘴唇勾勒出我再也听不到的词汇。每天午餐时间,我都去同一家店买三明治——一天,我正排着队——突然明白你创造了自己的语言,把它教给我,这到底意味着什么。我们是异客。我们好比地球上最后的人类。如果——从某种意义上来说——语言决定了我们思考的方式,那么我必然会成为我现在的样子,不会有其他可能。没有其他人会说我成长过程中使用的语言。所以我总是会被孤立,感到孤独,在人群中感到不适。这是我的语言决定的。这是你教给我的语言决定的。

就 extraordinary 这个词，我除了整理索引卡，其他什么也没干。桌子上的小钟显示已经过去两小时。突然间，我想告诉你我现在不相信那一点了，我排队买三明治时相信的那一点。我不相信语言会侵蚀大脑，不相信我之所以如此是因为你教给我的语言。我们面前空无一物。我当然应该早些明白，应该记住你从办公室消失，坐了那辆公交车离开。我上楼找你。浴缸里的热水龙头开着，但塞子没有塞上，你不在那里。我拧上水龙头。你打开了顶楼的所有窗户，发烫的灰尘从干枯的地里飘进来。我从你卧室的窗户望出去，看到了你，在山丘的半腰处，正往我们有时散步的方向走，你正在行进，手臂前后摆动。我下楼，出门走到石头矮墙处，大喊你的名字。你手臂举过肩膀，挥了挥，没有回头。

"你要去哪里？"我叫道。你一步没停。我一生都在追赶你。我几乎就要走回室内，坐到宁静的桌前继续工作。"停下。"我大喊，费劲地翻过矮墙，开始追你。在这样的天气里追赶太热了。你在我之前到了山顶，双手放在膝盖上。有那么一个可怕的想法涌了出来，没人将会知道：你要是心脏病发就好了。但你只歇了一会，接着继续走，曲线行进。我径直穿过旷野，追赶你。当然，是水在呼唤你。飘过的云团在我的肩膀上投下影子。我在近乎干涸的蜿蜒小溪边追上了你。你手里正捧着水，往自己脸上泼。我坐在你身边喘气。

"你在做什么？你干吗要跑开？"

"我很热。"你用那种不接受任何辩驳的语气说道。我在你边上弯腰，抄起一捧水。溪水尝起来像铁，像工厂的机器和管道的内部。我抬头看时，你脸上有一种奇怪的表情——通晓的，仔细思考着的，几乎像动物一样。像那种流浪猫，它们偶尔会找到在河上的我们，停留一下，但很快又消失。

|河流|

只要继续向前就好。小镇一个接一个远离。马科斯整整一天没吃东西了。他梦想中的食物并不奢华——去边的面包片、原味蛋糕。但这并没有用。他在脑袋里建了一个铁盒,把塑料包装的面包,鼻梁两边压出眼镜印子的他的父母,直至死前一直照顾他的查理,还有开口说出糟糕、可怕的话的菲奥娜都放了进去。

运河贼的迹象继续浮现。越来越多的狗和猫不见了,还有鱼和数量不大、几近野生的河岸两边的绵羊群也不见了。他路过两条船,窗户上钉了木板,门上挂着一串破瓶子,权当警报器用。一个女人跟着他走了十步,坚持说要他保重,他会保重吗？他转过身，有些惊慌，说话结巴，而她则给了他一把小刀，不肯再收回去。

　　他走出他人的视线后，把小刀放进背包里，但并没有因此感觉好些。只感到自己现在看上去像是可能杀过人的。之后，他在这一天里感到那个死去的男人在自己的肩膀上，慢慢跟着他，那个男人看不见东西，只能听他的脚步声辨认去路。他想转身告诉他，他不是故意的，这是一场意外。他想投进平静、安静的水里。但死去的男人也在水里，他长长的手指，他睁开的双眼。他继续走。河流是野性的，蜿蜒的。

　　陆地变得开阔了，是一片废地：黑色垃圾袋，被丢弃的沙发，边上是一台冰箱。再往后是一片笔直的树木。还没到中午。他弯腰，眯缝着眼睛，在几个垃圾袋里翻找，看看有什么东西。光是那气味就逼得他不得不继续走。左边是泄水道，水流又凶又猛，像一条马路一样。木质墩子上有一个标识，但几乎看不清了，只能看到：DA G。他不知道那是什么意思；他不在乎。这几天、这几个星期以来他都贴着水，现在终于有足够开阔的地方，可以远离水了。他一拳打在自己脑袋上，想让自己清醒。他太饿了，只要一动作，眼前就会出现白色的小店。他不会再去想死去的男人，他心想。他不会想起他。再一次用手敲打他头颅的一侧。

　　他放下包，走进林子里。弯腰向前，探望。往前走两步，是一丛红色的莓子，他往嘴里塞了一颗，让它停留在舌头上，吐了出来。在几棵树的树根附近挖了挖，不知道自己究竟想找什么，但他知道必须找到。我再也走不动了，他想。我再也走不动了。他抬头，感到一阵巨大的、滚滚而来的松驰。他可以停下，只停一天。他可以睡啊睡。

他支起帐篷。坐在入口处，脱掉了靴子和袜子。皮肤上鼓起了水泡。他闻上去有股酸臭味。没关系。他已经累到分不清身体的各个部分了。他打起瞌睡，意识飘远了，接着又回到泥地上的冰冷、赤裸的脚上，他的头在胸前猛的一动。他打开背包翻找，找到了一些掉在里面的面包块，就着手指吃了。又睡了一会。他的眼皮之下，做了一个又一个梦，梦里有死去的那个男人，从他的双臂处生长出来的船，燃烧的羊羔发出的恶臭。死去的男人的一只琥珀色眼睛紧紧对着他的眼睛，那只眼睛一眨，马科斯醒了过来，双手胡乱抓着，大喊。

不远处窝着一个女孩。黑色的头发，粉色的裤袜上有一道道泥印，手指挖进土里，眼睛一眨不眨。他大喊，往后退回帐篷里。

女孩站了起来，双手在裤袜上擦了擦。她的衣服太小了，手腕和脚腕处绷紧了。她的嘴巴张开。他的背包就在她身后。她走近了些，他这才看到她手里拿着他临走前从死去的男人的船上拿走的书。

"你不会喜欢的。"他的声音很响，他能听到声音从树林飘荡回来。

147

她朝他甩甩书,露出生气的神色。她的脸方方的;眉毛在中间连接起来,形成长长的一条,表示出不满。他不知所措。他把睡袋折叠成紧紧的一团,从下往上地扣上外套的纽扣,穿上靴子。他真的不想再走了,只想坐下,睡觉,永远不再上路。女孩打了个喷嚏,鼻子往上蹭了蹭手。往前爬了几步。她离得很近了,手里拿着什么东西要给他。是一团面包。一波又慌又喜的情绪席卷了他。他飞快地往嘴里送去,几乎噎着了,他笨拙地咀嚼着。她把书递过来。似乎在他没有意识到或同意的时候,某种协议就已经达成了。

他们坐在帐篷前的空地上。她身上罩着薄薄的一层尘土,整个人看上去像是从地里掘出来的。真的,她有一种根本的、电灯泡般的特质,她的膝盖凸起,四肢从她的衣服中猛冲出来。她一手抓了抓耳边厚厚的头发。她两侧的口袋鼓鼓的。

他翻开书,念给她听。字很小,很难看清。书页上的词他认识的不多。谜题边上是奇怪的、缩小的图画,画的是各种奇形怪状的生物,它们的脑袋是一种动物的,身体是另一种动物的。在一张图里,他看到了死去的男人在第一天给他念的谜题里的谷仓。

"你不会喜欢的,"他再次说道,"不过我可以念,如果你想听,如果你还有面包?"她没有回答。

"我不觉得你会喜欢。"他说道。他意识到,他并不想让她离开。

然而，她的确喜欢。她的嘴照着单词动作，指着并要求：这个再念一遍。接着，他放慢速度念，磕磕绊绊。他念不出的单词，她通常能轻松地说出来。凑上前来，按出一个泥指印，拼读出来。这些词似乎对她很容易，似乎是她在创造它们。每一次，她抬头看着他，兴冲冲的，宽大的嘴巴呈现柔和的弧度，露出一抹黄牙。**什么东西能环游世界，并且同时待在一个角落？你拿得越多，就落下越多。**

一个谜题说到一半，她起身，他看着她匆匆忙忙地跑开，一边跑，两只手臂一边摆动。等他拿回他的背包时，他看到她拿走了什么：两条内裤，空面包袋，两件T恤。谜题书里有一页纸被歪歪扭扭地撕下了。

他爬回帐篷里，头点在硬邦邦的地面上。他哀恸自己失去的、自己放弃的、自己所做的。他能感知到他的父母，就在河流下游某处。他们正在找他，或者没有找。他们在厨房的圆餐桌边上，伸手去拿杯子，翻过一页报纸，或打开前门，准备出门。他想，非常想让他们找到他。他想告诉他们，他为什么离开，他为什么这么做。届时，一切都会变好。如果他们理解。他们会离开彼此的范围，永远不再想起对方。他们正坐在厨房的圆餐桌边上，死去的男人也在那里，抬头看着他。

菲奥娜说的他将会做的事变成乱糟糟的一团，在帐篷里滚来滚去。它们的颜色和皮肤一样，干燥、掉皮。它们爬到他的胸口，蹦进他的嘴巴。他的脸颊鼓了起来，极力不把它们说出去。更别提菲奥娜说的他会对他父亲，对他的母亲做什么了。流着汗醒了，汗水渗透了睡袋，他坐了起来。

寻人

我买了一瓶葡萄酒,偷偷地从房子的一侧把它带到棚屋里。菲奥娜稍稍打开门,让我看到她的脸的一小部分。"我记起了一些事。"我说道。她让我进去。我们用茶杯一口一口地喝着酒。她呲嘴,一只手揉了揉胃部。

从游泳池回去的路上,我记起了越来越多的事,细流变成了洪流。空隙还是存在——火车隧道大小的巨洞——但也有了大致的形状,一个故事。

"好吧,"她说道,一边出声地喝下一口酒,"你最好跟我说说。"

"我觉得你听不懂。"

她把茶杯放到地上,发出咔的一声,抬起双腿搁在床上。

我能听到奥托在外面,到处嗅着,附近的房子里传来电视的声音。

"你知道的,"她说道,"我第一次发现情况不对的时候,还是个小男孩,正看着我父母开的农场里的公牛被阉割。我的姊妹都不被允许去看,但父亲带上了我。我一直不明白他为什么要这么做。我真的很害羞,连开口让人递盐都不敢。做阉割工作的人是从当地镇上来的。公牛年纪不大,害怕了,我强烈地感同身受。他们一小时就处理了二十头牛。我父亲牵着我的手,我们凑得很近,观察被割掉的东西。它们就像是奇异的植物。"

她再次拿起茶杯,举杯做出致敬的动作。

"我的视线从被割掉的睾丸上移开时,发现有人在谷仓的角落里,就站在稻草堆后面。那就是我,但那个我是女人。那是我第一次预感到有事会发生。"

她饮尽了杯中剩余的酒,接着碰了碰我,让我把酒瓶递过去。我一边做动作,一遍闻到自己身上的气味:氯水和汗水。

"你到底说不说?"

"说啊。"我说道,"我记起来我们在害怕什么东西。"我深吸一口气。我不知道告诉她是不是一个好主意;把它放声讲出来。在那里讲出来似乎是疯子才会做的,在花园尽头的一个小棚屋里。

"我们管它叫波纳客。"我说道,"凡是我们惧怕的东西,我们都叫它波纳客。但我们最怕的还是这个。我在游泳池里看到了它。朝我游来。是一种生物，一种动物。它很大。我在水里看到它了。"

"生物？"

"是的。"

我等着她笑话我或叫我离开，但她没有。我突然感到精疲力竭，仿佛刚跑完一场马拉松或在水里游了好几天。我没有告诉她其他恢复的记忆：捕兽装置，一根钓鱼竿，我手肘下方的屋顶窗户。

"它后来怎么样了？"她问道。

我不知道她是否相信我说的。我都不确定，我是相信自己说的，还是偶然地编造出了根本不可能存在的事。世界有一定的准则——**物质之间普遍存在的引力；氧气是无色，无臭，无味的，是所有有机体必需的气体**——而我所说的并不符合这些我们理解的准则。那么大的一个东西，在水里，抓小孩，把狗杀死。我不知道——即便我的记忆准确——它是否真实存在。或者说，我不知道我们是否通过某种方式，使它得以存在。我不知道哪一种情况更糟。

"我想我母亲杀了它。"我说道。菲奥娜躺回了椅子上，小腿悬在空中，她似乎没有在听。我看了看，发现她重新布置了棚屋，把堆成塔的装豆子的罐子扔了，铺了床。我先前没想到过，当我回顾往昔时，她可能也在做同样的事，她可能已经有了自己的结论。她耸肩，肩膀仿佛袋子的把手被提了起来。

"我需要好好吃一顿。"她说道,"明天中午可以。我会告诉你我看到的。"

|河流|

穿粉色裤袜的女孩叫格蕾特尔·怀汀,第二天,她待到了天黑才走。他习惯了她,她随意走动、不说一声就跑的样子。"火在哪里?"她会这么说,然后尖声笑起来。她总是对自己说话多过对他说话,念叨着。"有袋类动物,"她说道,"感激,纬度。"她有一个破洞的塑料袋,她叫它斯普尔昂①。当风变弱,能听到河流声时,她一只手拢住一边的耳朵。"你听到了吗?糟乱②?"

"我忘了,"她说道,接着掏掏口袋,拿出一块松散的蛋糕,

---

① Sprung,据作者,或与 spring(作名词意为弹簧,作动词意为弹跳)有关,暗示水中的东西是无法预料的,可能是危险的。
② Messin,源自 messy(杂乱的)一词。

"你喜欢吗?"

"喜欢。"他说道。蛋糕软绵绵的,有多个孔,油都沾在她的手指上。她在身边让他感到安心,所以她走到哪,他就跟到哪。他之前不曾意识到他自己有多孤单,白日有多长。他担心她会突然离开,不提前说一声,接着小时又将会变成年岁,而他在大多数时候都会担惊受怕。她的头发被编成不整齐的麻花辫,辫子戳在她的领口,这让他想到她肯定是有家人的。

"你的父母呢?"他问道。

"我妈妈是海女,"她说道,"她有鱼鳍,也就是她的脚,还有鳃。她在水里来来去去。"

"是什么意思啊?"

"意思是,她是一条美人鱼。"

"那不是真的。"他说道,虽然自己也不确定。

"来吧,走这边。她看上去就像你和我,"她说道,"她能在水下呼吸;她知道这个世界上的每一个词,她是考古学家,是外科医生,人人都知道她。我叫她医生或 S。她叫我埃尔或汉莎,可她不愿意告诉我为什么这么叫。她能在世界的这头挖个洞,通往另一头,而且她这样做过好多次。她不需要睡觉,她能生吞整只动物。她说她是个逃跑的人,但实际上是个固定不动的人。"格蕾特尔喘了口气。"还有,"她说道,"她做菜很好吃。"

他慢慢跟着走。他能听到他们身后的河流。他看不见它时,对它的信任也少了一分。是什么阻止了它像爬梯子一样地在地面上攀爬？格蕾特尔手脚并用地爬上一台倒在地上的冰箱。她的帽檐拉低至眼睛，围巾裹住鼻子，一团编织的毛线。雾气包裹在她的脸周围，并且把她整个侧面给切断了。东西从那里不断冒出来，在它们先前还静止的地方开始移动。他想多问问她有关她母亲的事，她说的和她母亲相关的那些谎言和实话，但是——

她没有好好走路，而是跳来跳去，从一点跃至另一点。他跟着她招呼他的声音走。她喜欢——似乎是这样——他的名字。把它分开音节读：马—科—斯。或者编几个绰号：玛丽、卡卡斯①、拉姆②。他赶上她时，她手里有一团金属线做成的东西。她撬开口子。

"那是什么？"

她没理他。"我们得找到所有的这些东西。"她说道。它们是捕兽夹，里面大多是田鼠，有两只面部看上去很古老的青蛙，几只他不喜欢的大河鼠。她放走了大多数动物，它们拖着身体爬走了。她收集起已经死了的几只动物。一只小胖鼠被塞给了他，他把它放在衣服口袋里，尽量不去想它在那里。他们收集完后，她重新给捕兽夹布置饵料，用的是碎肉和猪皮，他倒是希望她能把猪皮给他。

---

① Carcass，有"尸体"的意思。
② Ram，有"公羊"的意思。

"我想抓大的东西。"她说道。他想到了运河贼，想到查理死前一直在做的硬饵。

"比如说狐狸？"

她耸耸肩。

"獾？"

她露出不高兴的神色。"比如说波纳客。"

他感到他的内脏向下坠了坠，仿佛他们一开始静止随后滑下了山坡。"波纳客是什么啊？"

他看着她把装置掰回去，恢复原状。

"任何东西都有可能。"她咬牙切齿地说道。

"你说的是什么意思？"

"去年，有一只傻狗饿到不行了，萨拉说它会咬人。但很久很久以前，波纳客是一场暴风雨，几乎把船给毁了；另一次，它是一场火，把好大一片森林烧了，我们以为自己也会被烧掉。今年冬天，它又是另一种东西。萨拉说可能会是历来最糟糕的波纳客，但我们还不知道是什么。"

"它是指你们害怕的东西？"

"是波纳客。"她简洁地说道，不愿再多说一句。她拿起一个捕兽夹，让他仔细看。他问她夹子的工作原理是什么，她指着各个部位，有点啰唆地把想说的都说出来。"然后是这部分，接着是那部分，再然后。你明白了吗？"

他们回到河边，他都没意识到他们在绕圈子。他靴子下的地面干裂了。他的肺因为冷空气而感到刺痛。她给他看河岸边的灌木丛里的金属物件。

"骗人的把戏。"她说道。是风铃。不让他碰它。

他站着，看她把抓到的生物串到棍子上，让它们的肚皮朝向水面。岸边的淤泥厚重，近乎红色；他眼看着自己的靴子下陷。

"听。"她说道，一边抬起手掩住他的嘴。他们站着一动不动。风从河的上游吹来，将雾蒙蒙的两岸分隔开来，穿梭于风铃中，风铃似乎在歌唱。她把一只死掉的青蛙从它的肚子处穿透。他想知道这是不是一种保护性措施，用来抵御河水、水流、运河贼、波纳客。

"这一点意义都没有。"他说道，即便周遭雾蒙蒙的，他也能看到她生气了；她的眉毛皱起，嘴巴向上扭曲。她转了转身边的风铃，让它自发地转起来。他想到她那在水里不用上浮呼吸也不用停下睡觉的母亲。他想到一种不曾有的放松——如果把自己在船上做的事告诉别人，向他人倾诉我再也合不上双手，因为我仍旧感到帐篷钉在我的手中。他想到她的母亲挖穿地心，一动不动，突然离开，生吞动物。

还没有见到萨拉时，他就爱上她了。

| 寻人 |

　　餐厅自称做中式料理，菜单上却有芝士通心粉同春卷和炒面并排出现。我们往山上走，走了快一小时才到镇中心。菲奥娜躲着太阳，总是待在阴影里。我想问她，上次离开花园是什么时候。我没问出口。我朝她伸出手臂，她站直了，鼻孔对着我，感到被冒犯了。
　　餐厅里只有我们两个。所有的窗户上都挂着红色纸灯笼，鱼缸里有同我手臂一般粗细的鲤鱼，店里还有一个洞，从洞里我们能看到主厨在抽烟，看电视。现在不是客气交谈的时候。我们把菜单举在面前。我偶尔朝她瞥两眼，但她很专注，血管青色的手指弯曲握住红色皮面的菜单，舌头若有所思地抵住上颚。我想起了和你吃饭的那次：你勉强吃下了一盆生肉，红酒杯像望远镜一样朝你的脸倾斜，避孕套套在你的餐刀上。那一刻的菲奥娜——我想——感到的是一种简单纯粹的快乐，而你对之则不屑一顾。她挪动她的筷子，看了看盘子的设计。她拿起菜单，好让我看见，对我指了几样东西。我突然对我带她来这里这件事感到开心，即便没有收获，即便她没有告诉我任何东西。很容易就能代入罗杰和劳拉的角色，他们不断等候；让马戈特离开的、住在他们棚屋里的女人。在这里，我明白了代入菲奥娜的角色更困难，明白了她也一直在等待。等待她能与之倾诉的人，能与之解释的人。等待自己变成其他人，只要不是让他们的孩子离开的那个人就好。

服务员约莫十四岁。我点了虾片。

"什么是百加得冰锐？"菲奥娜问道。

服务员给了她一瓶亮橙色的饮料，我和服务员看着她尝了尝味道。她朝我眨眼。一饮而尽。又叫了一瓶。

我不知道自己在做什么，但菲奥娜似乎挺高兴；点的菜足够开一个派对。首先：猪肉叉烧包、豆豉牛肚、点心、椒盐鱿鱼。一整条油炸海鲈鱼，上面浇有豉汁猪肉碎和荸荠丁酱汁；一锅牛肚河粉，配白菜；咸鱼豆芽菜和担担面。我们不想吃米饭，菲奥娜想来点薯片。服务员慢慢地重复点好的菜。厨房里，主厨关了电视。

菲奥娜吃了所有的虾片，然后挥了挥碗，再来一份。她喝到第三瓶百加得时，我点了一杯葡萄酒。食物做好了就上，巨大的盘子被传送到了纸质桌巾上。她吃东西的样子很幸福，直接从盛着菜的盘子上吃，试试这个，再试试那个。每一道菜都是辣的，后劲辣得我冒汗，接着流泪，流鼻涕。尽管天热，菲奥娜还是执意要我借罗杰家的呢外套，给她穿，她现在脱了下来。她里面穿的是蕾丝袖的红裙子，长长的裙摆。主厨做完菜后，他从传递食物的窗口探出身来，看着我们。我们持续吃着，速度不减。饺子皮很厚。猪肉上一层肥肉烧得焦脆。担担面下埋着一堆猪肉碎。我放弃了筷子，讨了一把叉子。

她塞满了一嘴的食物，开始在吃完继续塞的间隙里休息，用半睁的眼睛观察着我，她的袖子卷到了上臂。我过于专注食物，差点没听清她说的第一句话。

"什么？"我吞下满口的食物，吃得太快，差点呛着。

"我当时知道她会做什么。所以我让她走了。"

"你知道什么？"

她用手指拿起最后一只饺子，把它吃掉后告诉我。

| 河流 |

格蕾特尔又来找他了,带来了一片面包,面包很烫,差点烫到他的上颚,面包上有硬质奶酪和盐粒。她想教他玩的游戏叫"咚咚,狼来了",是这么玩的。他们找到林子里最好的一棵树。他站在树前,用拳头敲两下,等一会,说出"咚咚,狼来了",然后转身。她在他身后,距离有十步远。这个游戏的目标,她说道,就是她在他没看见的情况下靠近,近到她能碰到他。

"咚咚?"

"咚咚,狼来了。准备好了吗?"

"我觉得好了。"他说道。

"开始。"这个游戏，照她的话说，是嘟嘟①的，他想意思是好的，是她很喜欢的。她耳朵上罩着黄色杯子做的耳罩，权当隔音用。她肩膀有意下垂，他渐渐明白那是她夸张表达自己愤怒的方式。她在的时候，不去想死去的那个男人变得容易了。

"开始。"

他转回树前。闭上眼睛，屏住呼吸。速度放慢了，寒气吹向他的脸。他能听到河流的声音，还有在那声音下面，松针在格蕾特尔脚下慢慢被踩踏的声音，鸟往林深处飞去的声音。他等了足够久——不久——接着说出那几个词。转身。他能感到嘴里的脉搏。

格蕾特尔单脚站着，在五步远的地方静止了，眼睛一眨不眨，手臂悬在头顶。他看着她，但她没有动。他转回树前。

"咚咚，狼来了。"

她又靠近了些。一只手臂向前伸，头转向一边，仿佛在看左边的东西。他顺着她的视线——那里没有东西，只有灰扑扑的冬季的灌木丛——而当他往回看时，她又近了一步——只是一小步——蹭近了些。他转回去，说出几个词，再转身。她正在笑呢，黄黄的牙齿，耳罩丢开了，两条手臂朝他抬起。他转身，不一会儿——话才说到一半——感到了她的手，意外大力地抓住他的肩膀，她发出尖厉的成功的声音。

---

① Duvduv，据作者，这是她小时候对毯子的叫法，或与 duvet（羽绒被）有关。

"这个游戏很好玩。"他转过身时,她说道。她在原地跳跃,一条腿膝盖抬高,接着是另一条腿的膝盖,手腕在空中挥舞。"好玩的游戏,好玩的游戏,好玩的游戏。"

"是啊。"他说道。他并不确定,但他想或许自己更喜欢读一本书或是跟着她清空捕兽夹。有一种歇斯底里的、收紧的恐惧,他并不喜欢。他不喜欢背朝水面,也不喜欢等待一只必将到来的手。那只手可能永远也不会来,一想到这个,他更不喜欢了。他站了好几个小时,最终转过身,意识到她在骗他,她早就走了。或者,更糟糕的情况是,另一个人静静地站在那里,死去的那个男人,原来一只跟着他呢。

他们玩了一遍又一遍。他越来越能根据声音估测方向,快速地说完,边说边转身,心想就快要抓到她了,尽管每次她都是静止的,不带一丝晃动。

"我们换一下吧?"第三场结束后,他问道。可她只是摇摇头。他转回树前。数了几秒钟,说话,接着转身看她。她单脚站立,再一次伸长脖子,往左看。他也看了。边上是一台冰箱,臃肿的垃圾袋在风中微微移动,在那之后是一丛荨麻。他知道——因为他走遍了整片区域——往前走几步还是荨麻,之后土地会变软,然后是河。他只能看到这些。

"你在看什么呢?"

她没有回答。

"那里有什么东西吗?如果你看到什么了,我们可以暂停游戏。"

她一动不动。是运河贼。可她什么都没说。他转回树前，数了不到两秒钟——很快——喊出该说的话，转身，正好在这时候，他感到自己的肩膀上有一只手，惊得他往前一蹿，接着他的双腿被抓住了，他摔倒了，一边大喊，想挣脱开。不远处，他听到格蕾特尔以自己独特的方式大笑着，又响又尖厉。他抬头看时，阳光太刺眼，他只能看到他上方那个人的人影，一片阴影的轮廓，那人伸出一只张开的手，伸向下方的他。

"你，"她说道，"肯定就是马科斯了。"

五　树林中移动的死人

|农舍|

从那条久久未见的蜿蜒的河上——这个国家背脊上的一条脊柱上，有什么回到我们身边了呢？我们召唤来了什么东西？一个野姑娘和比她更野的母亲，像恶魔或动物一样住在无人地带。现在，看看我们。渐渐消逝，凄凄惨惨，一心想毁灭他人或我们自己，在一间不足以容纳我们俩的农舍里，四处发出声响。有时候，你让我想起菲奥娜。她急切的、抓到什么吃什么的饿肚子的模样；她不对别人说的秘密故事在她体内不安分地窜动，让她变得疯癫，孤独，担惊受怕。马科斯深深爱着你，但这份爱对他来说毫无益处。"可是，我爱你啊。"你在超市里对我这么说道，我也想这么回应你，可不行，还不行；我不能对你说。还有，我想告诉你，我觉得那是我们臆想出来的。不

管那年冬天在平静冰冷的水面下游动的是什么,不管进入我们的梦里、在我们的脑袋里留下爪印的东西是什么。我想告诉你,它可能根本不存在,如果我们不去臆想的话。

|河流|

　　这个女人让马科斯略微想起了他年轻时候看过的医生,那位医生不会笑,也很少说话。她给他看了他的 X 光片:黑白的线条,胸腔处的硬束。他不信她说的,不信她能看出什么来。这个女人个子比她矮,手臂上上下下和脸上都有雀斑;她的头发颜色很深,眉毛和格蕾特尔一样,在中间连了起来。她的眼睛像照 X 光的机器一样。他感觉它们正在穿透他。

　　他们住的船就停靠在马科斯的帐篷一角附近,船绿橙相间,船身上有铁锈和霉菌。它和查理的船不一样;它没有窗户,只有屋顶上开了一扇窗,光线从那扇窗里落下,斑驳地照在一堆羊皮和苏格兰呢的毯子上;脏碗碟堆在几个桶里,一个用天然气的炉灶,一堆堆的书和餐具。料理台上放着一只碗,她从碗里拿出一只鸡蛋，剥了壳，递给他。他把蛋放进嘴里，接着，不知道该看向何处。看着她的靴子，它们很沉，沾满了泥巴。

"我要做点吃的。"她说话的语气让人弄不明白她是否在邀请他留下。格蕾特尔抓住他的一只手，拖着他踏上台阶，走到了外边。

"那是你妈妈吗？"他轻声问她，避免让船里的女人听到。格蕾特尔踮着脚，拉挂在风铃上的一条开始腐烂的鱼。

"那就是我妈妈，"她大声道，"她叫萨拉。她说想见你。她说她很想见那个带着书的男孩子。"

"带着书的男孩子？"

"就是你。她就这么叫你，或者叫你住在帐篷里的男孩子、不说话的人。"

"不说话的人？"

"我告诉她，你不怎么说话，她说你听上去就像是安静本身。她有时候会说那样的话。"

他们巡视了一圈捕兽夹和风铃，等他们回去时，萨拉出来了，在屋顶上，双腿悬在一侧。她一只手拿着铸铁煎锅——蒸汽正往上冒，锅里是焦黑的培根——另一只手拿着一支烟。格蕾特尔跑上去，两条手臂抱住她的脖子。

"小心，埃尔。"她说道。"你要来点吗？"她对他说。

"什么？"

她点点头，上下晃动嘴中的香烟。"香烟。你要来支烟吗？"

"不用了，谢谢。"

"随你吧。"

他不知道要把自己的双臂、双腿往哪放。他移动时，他感觉自己摇摇晃晃的，很滑稽。她穿着一件白色薄T恤，透出底下穿的泳衣的肩带，她把绸缎裙子的裙摆塞到大腿处，一边抽烟，一边平衡煎锅。她的嘴非常宽，下嘴唇厚实。他觉得她的年纪并不比他的父母大，不过当时，除了菲奥娜，他不认识其他比父母年纪大的人。这不是他第一次希望自己能穿得更好些，自然而然地知道该做什么、该说什么。她慢慢吸着烟，用嘴扯动它，或者往外吐烟。抽完烟后，她从热锅里拿起一片培根，吃了。他能看到她手指上的油脂——当她擦手的时候——擦到她的膝盖上，膝盖和河水一样，是棕色的。

"拿着。"

他从锅里拿出一片培根。格蕾特尔拿了两片，飞快溜了，让人来不及阻止她。他转身，看着格蕾特尔冲进树林里。她不见人影后，他非常清晰地认识到了空间的形状：他和萨拉之间的正方形，萨拉悬着的两腿抵着潮湿的船沿形成的三角形，他张开的手掌上虚无的空气。

"跟我说说你自己吧，"她说道，"你叫马科斯，是吗？你有绝唱吗？"

"有什么？"

"如果你马上就要死了，关于自己你会有什么想说的？"

他感到一种巨大的、惊恐的静止从上方罩住了他。他肯定，她从他脸上就能看出所有发生的事：他离开的原因，他在河上看到或听到的东西，查理的事，为什么他不能再回去。

"我就是随便走走。"他最后说道，硬是挤出了这句话。他觉得她已经进入他的胸腔，把里面的一切都挤压了出来。他从没有过这样的感受，不清楚这意味着什么。她看上去和格蕾特尔很像：一只眼比另一只眼更宽，瞳孔是钢铁的颜色。

"走去哪里？走去什么地方？"

"就是，就是随便走走。"

"随便走走？听上去不错啊。随便走走，没有明确的目的地？听上去嘟嘟的。"

"是啊。"她重复他的话，带着疑问的升调对他重复，这让他无所适从。"或许吧。"

"我想我们很快就要走了。"她说道。她转身朝向河流。"往下游去。看看我们能找到什么。"他心想，她似乎不是在对他说。他感到自己正在偷听他不该听的。

"我有时候很不耐烦，你知道的吧？"她又转回来，看着他。他感受到了她宽广的注视，陷进皮肤，深入里层。

"知道。"他说道，虽然他并不知道。

"格蕾特尔出生后，我们一直在这里。在一个地方待得太久了。有时候，我只想……"她话没说完，只是将双臂举过头顶，向上顶，仿佛要冲破一道无形的屏障。

他们坐在小桌边吃饭。格蕾特尔飞快地说着,把萨拉做的汤滴到了自己面前。他饿极了,冒着热气的汤勺直往嘴里送,烫伤了上颚。

"再来点?"

"好的,谢谢。"

萨拉给他盛了第二碗。她吃得很少,又抽了一支烟。她个子小,但似乎——就像格蕾特尔一样——占据了很大的空间。她坐在长凳上,边上是她抬起的一只光脚丫,一只手肘撑着桌子,人往后仰。他再次开动,感到自己的肚子因为意料之外的食物而抽搐,自从查理死后,还没有这么剧烈过。

"我们读了百科全书,对吗?"格蕾特尔说道。

"是的。"萨拉说道。

"今天早上,我们读了弥诺陶洛斯。你知道那是什么吗,马科斯?是一种牛头人身的生物,住在迷宫里。这让我想到了圆形监狱。你知道那是什么吗?"

"你要是不慢点吃,会噎到的,韩塞尔①。"萨拉说道,"我可不会给你做海姆立克急救术。"

"唔,那是一座完美的监狱,只需要一个看守人,住在监狱里的人不能判断他们是否正受到监视,所以他们会像在被人监

---

① Hansel,格林童话《韩塞尔与格蕾特尔》(*Hansel and Gretel*)的主角之一。马科斯是格蕾特尔的玩伴,所以萨拉戏称他为韩塞尔。

视下一样行事,即便没有人监视他们。妈妈说它靠自我施加的恐惧运作。我不太懂这个,但这让我想起了波纳客。"

他把勺子放回碗中。他抬头时,萨拉又在看着他了。他希望自己不要老是在她看他时那么紧张。他的舌头感觉大得嘴里容纳不下,他能感到呼吸时喉咙中发出的咔嗒声。

"你听说过它?"萨拉说道,"你听说过波纳客。"

"我不知道。"他说道。

"你从河的上游来,对不对?从北边来的。我们几个星期来一直从那里听到有关它的传闻。"

"它是什么东西?"

格蕾特尔拍拍他的手臂,但没有说话。

"可能什么也不是。"萨拉说道,把汤碗一个个叠起来,"住在河上的人向来迷信。水有一种能力,能把任何清晰的事情搅浑。你以为我没在外边看到过东西?起雾的时候,或者天很热、空气蒸腾的时候,我看到我已经抛下的东西,从没想过还会再见到。我看到过一个瘦削的男人,在树林里走动,或是一个长了女人脸孔的动物,或是其他更可怕的东西。外边有什么,只要一个人愿意去想,就能想出任何东西来。住在河上的人和其他的人不一样。这里你看不到警察,看不到儿童服务机构或牧师。住在河上的人不用镜子;他们不喜欢长时间待在陆地上。所以。它可能什么都不是。"

这是他听她说过的话最多的一次,他觉得有点惊愕,一时想不到要说什么。

"不过，我们还是有小心。"格蕾特尔说道，"对吧？"

"是啊。我们有戒备。"

午夜，回到帐篷里，他也对它产生了执念，满脑子是它。他扔开睡袋，坐在五英寻深的黑暗中。他用手腕掩住哭泣声，现在手臂上湿湿的；他扯动扭在一起的保鲜膜，一手摸过下巴处正冒出来的须茬。仔细听了一阵，寻觅在树林里移动的死去的男人。什么都没有。

| 寻人 |

和菲奥娜吃完饭后的第二天晚上,我收到了一封邮件。邮件没有主题,你也没有写上我的名字或报上你的名字。但我还是知道是你。你仿佛两条手臂都伸出了屏幕,双手箍住了我的脖子。

我在河上。我和他在一起。

你和马科斯在一起,当然。我想过告诉罗杰和劳拉,带他们一起去。可如果你搞错了呢?如果你疯了呢?如果你根本没找到他呢?

我借了一顶帐篷和一个睡袋。我想甩开奥托,可他跟着我,重量都撑在下肢上,露出长有小洞的牙齿。

"待在这里。别动。"他向前冲,想咬住。

动身前,我和罗杰还有劳拉站在厨房里,问他们下一步怎么办。菲奥娜的棚屋门在暑气中开着,音乐的节拍从里面传来,电子乐,节奏很快。他把宝宝放到桌上,孩子想翻身往桌边够,一只手悬在臀部上方想要发力。他们竟能留在这里,这对我来说难以置信。已经发生了某种变化。我能在他们的脸上和行动的方式上看出来。我让马戈特在他们面前又重新活了过来,重新注入了生机——虽然我本无此意。很长一段时间里,他们只看到她身后的大门渐渐关上,而现在,他们知道了她的去向,可以想象她在那里的样子。劳拉耸耸肩,走到外面的花园里。

"她对我很生气。"罗杰说道。

"为什么啊?"

"她觉得我已经放弃了。"

我拉上借来的背包的拉链。我把车留在他们家里。马戈特那晚惊惧地离开时没有的东西,我有:一张地图,足以支撑我往返的食物。

"那你放弃了吗?"

他张开双手,拢住这栋小房子,孩子们团成一团滑下滑梯,而劳拉得大喊着要他们小心点,小宝宝使出全部力气,想让沉沉的身体翻过来,槽里满是前一天晚上的餐盘。"就算放弃,又怎么了?"

我站着看他,心想他可能说得对。如果我不去找你,可能也没什么问题。他微微笑了,打开水龙头,水冲刷着脏盘子。

"我能问你一个问题吗?"我说道。

"要看你问的是什么了。"

"那年冬天,我们很怕某个东西。我母亲和我。马戈特也怕。我们以为它在抢孩子,以为它是来找我们的。我们叫它波纳客。"

"波纳客?"

"我很小的时候,我们自己造了这个词。我们自造了很多词,但这个我记得最清楚。几年里,它的意思一直在变,但总是指我们害怕的东西。"

"住在河上的那条船里,我肯定你们害怕的东西不少。"

"是的。"

"我小时候担惊受怕的。和这些孩子不一样。他们什么都不怕。"

"你害怕什么?"

他指指外边。"有很多。床底下,衣橱里,汽车,鱼骨头,操场上荡过顶点的秋千,父母提醒我要小心的每一样东西,我现在都记得。"

"是你让自己害怕的?你创造出了一个怪物。"

"某种程度上。"

"那就是，"我说，"我想问你的东西。我渐渐记起一些事，可它们只是片段，我知道当时它们对我来说很重要，可只是碎片。我们曾相信有某些东西存在。"

他转过来面对我。"你想让我说，那一年你们见到的波纳客是不是自己创造出来的？你和你母亲还有马戈特。"

"是啊。你觉得是我们做的吗？说多了它就存在了？"

"我不知道这是否有意义。"他说道，我望着他的脸，他正在想马戈特。我也在想她：她剪得很短的头发，在临近年终时，她面向我们的露出焦急的神色。

瓦奥莱特在门口开始大喊，不是哭喊而是吼叫。我想，她长大后是否也会拥有有关我的陌生的、扭曲的记忆。一个女人来到她家住了一个星期，然后走了。我走开了，而奥托则跑在我前面，一边汪汪叫，一边鼻子蹭着地面，一无所获。我也有着同样的感受。周围没有人，只有我们两个，这种感觉真好。即便我们正返回河边。到达运河边时，我意识到自己没有和菲奥娜道别。或许这样最好。我想到她叉着沉甸甸的食物往嘴里送，她双臂下褶皱的桌布，她动着的嘴唇。我想到她告诉我的事。

菲奥娜还是男孩时，他看到公牛被阉割的那个夏天之后，开始试穿他姊妹的衣服。其他人都在上学或工作时,他偷偷溜回家里。他会穿上她们的连衣裙,在衣橱的穿衣镜前观察自己的模样,把脚挤进她们过小的鞋子里。时间被吸进红色蕾丝、蓝色绒面革、丝绸和皮质的洞穴中。她们察觉到什么了吗?他那在门口踢掉靴子、把吐司带到路上吃的急切的父母亲,是否察觉到他偷了母亲的剃毛刀,把所有背叛自己的体毛都剃了?是否察觉到他梦到了阉割,牛棚里凉爽的墙面,在跑动的动物身后嘎吱关上的门,像桃子一样落地的睾丸?

他以男性的身份过了几年。时间太长了,根本算不清。那些年并非一无是处。他没有告诉父母他想做什么。他离开了,知道自己无法再回去。他的一部分仍留在那里,在他老旧的、狭窄的床上或是正往山上跑、想救回一只离群的牛犊。在城里,他将会有一个新名字,一张不同的面孔。

大概花了五年时间,她变成了她渴望成为的女性,给父母写了一封没有署名的信。她写道,**我现在住在城里。街上的路人都不觉得我是男人。昨天,有人在面包房里叫我女士。你们是不是在我明白以前就知道了,但不知道怎么跟我解释?** 她的父母没有回信,而她不会责怪他们。他们不是那种会抽时间给陌生人写信的人。她不是那个小心翼翼坐在他们桌边、双脚将将着地、双手距木质桌面几英寸高的那个男孩。她此后再也没给他们寄过信,不过有时候,她还是会写点东西,当作是要寄给他们的。她写道,我在一家超市工作。我不喜欢,但需要这份工资来交房租。我并不想念你们或是农场或是其他人。距离上次见到你们,已经过去十年了,而你们记忆里有关我的东西如今都不存在了。

还有其他事情。在她变为女性之外,还有一个变化。起初是一些小事:在杯子掉落前伸手抓住,即便天气暖和也会带伞。之后,越来越清晰了。避开某些街道或店铺,在外面散步时走不同的路线,不穿她知道——虽然她不清楚自己是如何得知的——当天拉链会崩坏的裙子。她渐渐意识到,这不是预知未来的能力,而更像是一种意识。她的大脑仿佛是海蚀洞窟,空荡荡的,但偶尔会被此前从未存在过的知识填满。

她在一家房产中介的橱窗上看到了一栋小屋,很喜欢,走进去问了一下,出来时确定自己要住那栋屋子。她厌倦了每个月换一个城市,坐火车,望向窗外。有了房子就安定了。她会把台阶漆成黄色,卫生间刷成绿色。她没有家具,但已经能看到自己在屋子里,在通往花园的台阶上喝葡萄酒,打开硬邦邦的窗户。

她搬进屋子大约一个星期后,一个男人带了香蕉面包过来,说他就住隔壁,如果有什么需要的话可以直接说。他圆脸,戴着眼镜,穿着破洞的套头毛衣,看上去有些书生气。她给他们俩做了三明治。他请她去吃晚餐，当时她感到了一种她还未能分辨的对某种东西的渴望。她再次感到一种先前不属于她的知识潜了进来。他吃完三明治，没有问她一声便在她的厨房水槽里清洗餐盘时，她细细打量他。是什么东西？她从他脸上看出了什么？他告诉她有关劳拉，也就是他的爱人的事，还有他们的女儿马戈特对她着迷。

"对我着迷？我没见过她啊。"

他带她走到花园里，指向隔壁房子的一扇窗户，有那么一刻，一张脸在朝窗外张望。

"不好意思，她一直观察着你。本来应该是她带面包来的，可她怕了。"

菲奥娜能看到他前方的缝隙，他将跌进去的空间。她还不知道那些缝隙和空间将会是什么，但知道它们的存在。她告诉他，她会去吃饭的。

他们的居家生活安抚了她。她成了他们家的常客，吃饭，在餐桌边给马戈特念书。她渐渐忘了，她在那第一天感知到了什么，她愿意让他们成为朋友的理由。她在他们的小厨房里做味道糟糕的大餐，让马戈特在她的花园里种小胡瓜。他们一起庆生，很自然地，这种自然让她感到惊讶。他们不是她的家人；他们不是她的血亲。马戈特的火柴人画上，菲奥娜居于众人之上，她的双手像铁锹一样大，嘴唇是一道微笑的弧形。

这一年情况很糟。以前有几年也是不妙的，而她还不能预感到什么时候会来，在数十年里像疼痛一样突然冒出来。日记里，她记下了本该去见劳拉和罗杰的日期，她没去，因为她错过了很多日子，醒来时发现已经过了一个星期，可她一点也不记得上个星期是怎么过的。她会在咖啡馆的卫生间里、公交车上、从未去过的房间里清醒过来。时间发生了折射，变得松垮，像黏土一样不堪一击。

她在几家商店的里间占卜塔罗牌，或是靠预测赛事结果赚了一些小钱，不过她的错误率就和其他人一样。她当扒手，偷了两间屋子里的东西，在监狱里度过了几晚。她没交上房租，也没有再回房子里。她在桥下、廊道里、公交车上睡觉。她在火车站睡觉，在好几个星期前便预测出了火车的延误和取消，看着平稳的车厢进站，同一群人上上下下。

情形越来越坏。日子不再是一天一天的，而是直蹿向前，悠悠返回。她开始意识到——一直以来——她预测到的每件事都自有后果。她在落地前及时接住的马克杯会在几小时后摔碎；在猛烈到她觉得自己会被吹走的暴风雨中，雨伞会折断。她一一找到这些年来她告诫过的人：她在红绿灯路口拉住的人，她告知不要坐飞机的人，她看到肚子里的癌症开始衰退的那个女人。起初，人不多，因此找不到一个模式。但不久，那个女人的癌症全面复发。她一直以来阻止的交通事故后来又发生了。认识到这点后，她快疯了；有六个月的时间，她被强制进入精神病院治疗，住过不同的病房或过渡疗养地。她从来都不是自己所认为的样子。她只知道事情会发生，但从来都没有能力去改变任何事。这是她所能想象的最糟糕的情况。

她再次出现在罗杰和劳拉家门口时，决定只顾当下，不去看其他事。他们没有问她去哪了，也没问她为什么一年都没有消息。她对此心怀感激。

菲奥娜初见马戈特的八年后，她带着近十年来最为剧烈的一阵头疼醒来。为什么，她心想，人们会说这是头疼，可实际上你的牙龈、脊椎和膝盖都感到疼痛？她在水槽里蓄满水，把头伸了进去：没用。距她上次预感到有事要发生，已经有好几年时间了。但一种全新的、她并不想要的预感随着这阵头疼而来。房子向她嘟囔着所有将要发生的事。她能看到椽子收拢，阁楼掉了下来，压住了其他房间，河面上升，水淹没了花园。她只知道这些会发生，却不知道在何时。有一天，这栋房子会消失不见。

她一边回到床上，一边记起了是哪一天。罗杰的生日。她套上衣服，服了橱柜里药效最强的止痛药，在厨房喝了伏特加，让自己稳定下来。她帮忙装饰屋子。烤了一个蛋糕，她清楚蛋糕不会蓬松。穿上了最高的高跟鞋。跳了舞，尽管她的体内又掀起了一阵波浪似的头晕恶心，她的双手感到刺痛。不论向她涌来的是什么东西，她对此早有预感，把各种可能性剔去后只剩下一种可能。

预感来得直截了当。马戈特正在切蛋糕。罗杰和劳拉喝醉了,相拥着、跳着没人能叫得上名来的舞步。她的双眼像皮筋一样在脑袋里绷紧。她多么希望自己没有预感到,除了看到、听到、感觉到的东西以外,自己从不曾预感到什么。她双手托住脑袋,希望预感快消失,可它还是像铁一样不屈,像四季一样必然,像石头一样不挠。她知道将要发生的无法改变,这无济于事。或许,她一边心想,一边向前倾身,快要离开椅面,她的判断是错误的。或许这次会有所不同。她必须尝试。

劳拉和罗杰睡去后,她在厨房找到正在洗最后几只碗碟的马戈特。马戈特的脸映在窗户上,映像层层叠叠,模模糊糊。

"对不起。"她说道。马戈特抬头看她。她看上去,菲奥娜心想,已经被吓到了。"我不想告诉你,可我的预感非常确定;就像人们知道自己的出生地或自己母亲出嫁前的名字一样确定。"

马戈特什么都没说。菲奥娜看着她。她想把它收回去。她想要消除,想要突然的一阵抽搐把她的大脑抽得像沙漠一样干旱贫瘠。她宁愿自己什么都预感不到,也不想知道这件事。她按住马戈特的肩膀,告诉她,自己知道马戈特会做什么。马戈特身后的水槽里放着盛满水的待洗的碗,一块棕色的肥皂。有那么一瞬间,菲奥娜考虑过把马戈特的头按下去,摁住它。把她身上的未来淹死。

"我不相信你说的。"马戈特说道,但她言不由心。她一直都相信菲奥娜能预知未来。"既然我知道了,就不会去做。"马戈特说道,"既然你告诉我了,我就能避开。"

"你现在应该离开。我会等的,直到你离开。"菲奥娜说道。

她帮马戈特打包了一包衣服,从橱柜和冰箱里拿了食物,在水槽边接了一瓶水。马戈特坐在最末的台阶上,菲奥娜跪在她面前,帮她系了鞋带。马戈特说起要留句话,留个条,上去说声再见。菲奥娜站在最下方的台阶上,挡住她的路,直到马戈特离开。

之后,又是恍惚空白的几年,她只能辨认出其中的个别东西:有属于她的一间房的房屋钥匙上的红色标签,她随手一放的一只断了的鞋跟,她不记得有买过或用过的火车票。有一阵子,她想顺着那些河流出现低潮的地方,希望能找到马戈特。不是要带她回来——这从来不是她的意愿——只是想知道她是安全的,想知道菲奥娜送她走是正确的。不过,她不曾找到过她,甚至都感知不到她,一点预感都没有。仿佛靠着菲奥娜的所作所为,她关上了一扇门,再也无法打开。她四处游荡,说不出去了哪里,几乎都忘了。感到自己又被引到了罗杰和劳拉居住的死巷子里,而他们的窗户拉起了窗帘。

河流

天一亮，马科斯爬出帐篷，站着眨眨眼，口很渴。水流变缓了些；几棵树现在立于陆地上而不是水里。寒气来袭。他的手指冻青了。他吃力地从地上拾生火用的树枝。等他回去时，才意识到他没有火柴，没有纸，根本不知道怎么生火。他坐在帐篷里，穿上了所有的套头衫，睡袋围在肩膀上。他想到了萨拉的双臂，高举过头，冲破困住她的东西。他向后躺，把睡袋拉过脑袋，想到了那时——深夜——她掉了一只碗，喊出哈比蠢货！非常大声。一个他认为并不存在的词，她说了出来，从而创造了它。他从没碰到过她这样的人。他感到他们或许以某种方式联系在一起。虽然他并不知道这是如何做到的。他真希望没遇到她；他真希望余生的每一天都能看到她。正想着，他意识到自己遇见运河贼时也有过这种感觉——他既想要又无法忍受再见到它。

他起身。他会去她们的船上，问她能不能教他生火。她会说"当然可以"或"待在这吧，我们有火"。他能看到她说话时嘴唇变化的形状，她的T恤袖子衬着她的棕色皮肤，她移动时散发的咸咸的气味。

天正下着蒙蒙细雨。格蕾特尔的风铃在灌木丛里平稳地转动着，因串在上面的小尸体而变沉。野草挡住了他的视线，他看不到船。他一深一浅地四处走，手插在口袋里取暖。他能听到她们中的一人唱着什么，没有歌词，只有一个单独的音符。当他慢慢走到岸边、看到船只时，他停下了。

萨拉把水管接到了水箱上，她把水管举过头顶。她脚边的地面变成了烂泥地。她的腋下是一丛浓密、深色的毛发。一道水流直接打到她仰起的脸上，她张着嘴。她的皮肤冻得发紫。她身后的发动机隆隆作响。

他见过人的裸体。不小心撞见劳拉在冲澡；她粉色的肚子上的褶皱，她苍白的手臂内侧的皮肤。罗杰带有青筋的小腿和瘦瘦的臀部。菲奥娜，透过她那半开的门；拉链拉开后露出的臀部，她穿的内衣下面柑橘大小的凸起。

这不一样。来不及避开。双乳——左边的略大——随着她双手揉搓头发而晃动着。她小臂上端、小腿沟壑中的肌肉力量。底下透出的骨头的痕迹——他想到了X光——胯部的边缘，膝盖的伤疤。还有。还有两腿间乱糟糟的毛发,大腿上黑色的鬈毛。他的视线立刻被吸引了,他不确定——当他移开视线,抬头看——她看了他有多久。

那天白天,他醒来时,格蕾特尔趴在他身上,她的鼻子几乎顶住他的,她的双手在他的脸两侧握拳。他屏住呼吸。她睁大眼睛,一眨不眨。

"我赢了。"他眨眼时,她说道,接着嘶哑地笑了起来,"萨拉说她要你帮个忙。"

他们来到船边时,一个女人,她是屠夫,正站在小路上抽手卷的烟,一边吐出烟草屑。她人高手小,一头鬈发。她站在萨拉旁边,像头熊一样。他过去时,她们两个都转身看他,屠夫对萨拉说了句话,他听不清,但那句话让萨拉嘟囔了声:"是的。"屠夫弯下身,灭了烟。

他等着萨拉说他是怎么看到她的,在水管下方的她,可她只说了句"来帮我们一把",指向了屠夫的小拖船。他跟上她。她一边说话,一边很自然地碰了碰他的手和肩膀,可他听得迷迷糊糊的,并没有听懂。她把头发系到了脖子处;就像一根绳子。他记下了身上每个她碰过地方。这里,这里,还有这里。她对他发出啧啧声,弹了下舌头。她的脖子上有道疤,横跨动脉,仿佛受过绞刑。这更让他确信,她是不可战胜的,超过了他所生活的世界的范围。

他们往下走，到了船上。尸体滑腻腻的，覆盖着发白的油脂，腿很宽，和他的胸部一样厚实。他认不出它们是什么动物：猪、牛，或者羊。屠夫的船冷得跟监狱似的，固定在墙面的钩子上挂着厚实的肉。萨拉抓住了一头，吃力地卸下来，用力举起，等他抓住下部，他弯曲的膝盖哆嗦着，呼出灰色的热气。这是他扛过的最重的东西。沿着坑坑洼洼的金属台阶拾级而上，他坏掉的那条腿拖在他身后，肉实实在在地压到他脸上，萨拉则在上方弹了弹舌头。这让他想起往另一条船的台阶上拖运尸体，当时他也是费劲了力气。他屏住呼吸。感到双手在颤抖。

"往上。"她命令道，待他恢复平衡，站稳了，"加把劲。快，快。"

他想告诉她的是，他并非有意偷窥她，看到她的毛发和晃荡的双乳，他很抱歉。格蕾特尔在小路上蹦蹦跳跳，仿佛不觉得痛似的拉扯荨麻，伸脚一踢把鞋子踢掉，两手插进烂泥里，把脚后跟举过头顶。地上铺着一张蓝色防水布。他们把尸体放下。他开始辨认各个部位。凸起的腿，头被竖直切下后的切面。有一个帆布袋里装了盐。萨拉向他演示怎么把盐揉搓进肉里。

"不对。"她说道。她把他的手摊平，两手按在他手上，往下压。"再用力点，像这样。"她的皮肤粗糙，两个拇指像皮带一样。他们继续抹盐，他能感觉到盐粒进了指甲里面；觉得他才是被腌制的对象，他的皮肤被腌制到水分无法进入为止。他闪过一个念头，想知道在水下呼吸是什么感觉。不会很糟糕。

没人会看到他。他会游泳。可是——他记得——死去的男人就在水下。

她又抓住他的手。"往下，往下压。"他清楚她身体的每个部分，对此他感到极度尴尬。他用力去想别的更有逻辑性的东西：乘法、国界。她收回手，而他则感到被切断了，少了一只手。

"这头不如上一头壮。"她对屠夫说道。屠夫正在给她们俩卷烟，格蕾特尔则拉着她的袖子。

"我不觉得，"屠夫的视线依旧在她的手上，"它们是同一家农场的，燃油厂边上那家。他们直接把自己餐盘里的食物喂给它们吃。把它们当小宝宝一样。"

"中段更薄，"萨拉说道，"年纪更大。我能闻出来。给个公道点的价。"

他知道萨拉会如愿以偿。屠夫眯眯眼，在陆地上站直了，可萨拉像石头一样丝毫不动摇。他想到，每一次她要什么东西，都能得到。他想知道她会要求他给予什么，感到内脏被猛拉了一下。他不确定是否有可能离开。他被固定住了，不是吗？

"好吧。"屠夫说着，手举到空中。

他看着她们握手，随后坐到河岸边。格蕾特尔取来了茶水，萨拉叫她去取的时候，她嘴里嘟嘟囔囔的。他没怎么说话。他有什么话说呢？萨拉问道最近怎么样，屠夫则说起河上浪高的地方有像房子那么大的船，河里的水流就像海水一样，冲垮了许多游艇；还说起她的船头烂了，因此不得不在修船期间借住在姐姐家的客厅，待了一个月，那一个月里她和毒舌的姐夫交流八卦。

他偶尔抬头，看到萨拉正透过翻腾的烟雾审视他。他感到衣服下面的保鲜膜变位了。

"上个星期也出了问题。"屠夫说道，一边站起来伸展四肢。格蕾特尔在屋顶上，双手倒立，摇摇晃晃地，往前倒了下去。

"什么问题？"萨拉问道。

"上个星期一。我什么都没听到，可当我一早出门时，锁被撬了。不管是谁，那人把一头小母牛拖了出去，我时不时上布鲁克农场进货的品种，个头比我们两个加起来都大，那人在小路上把它劈开了，带走了一部分。"

"劈开？"

"没错。还带走了几只鸟。两只鸡。那个老家伙——他叫什么来着？——只要鹌鹑，所以我总是会抓一打。丢了一半。"

"是十几岁的孩子干的吗？你觉得呢？"

"可能吧。我吓坏了。在船上没听到他们的动静。我睡得浅，有时候根本睡不着。应该听到的，我想，如果那是孩子的话。他们来附近找地方喝酒时，我通常都能听到。"

"马科斯就是从你那里来的。听到了一些东西，是不是？"萨拉说道。

"是的。"他做了个吞咽的动作，不想看着她们，最后转而往上看天，缩着下巴。

"你听到了什么？"屠夫说道。

他不知道怎么说。"我不知道。几个渔夫说到了晚上总有东西消失不见，我以为……我以为……"

他正要告诉她们那天他在树林里看到的——被光线照出来的轮廓——可是，一看萨拉的脸，他意识到，在前天晚上他们交谈过后，这些听上去会是什么感觉：疯癫、幻觉。

"那么，究竟是谁？"萨拉说道。

屠夫烦躁地双臂往身侧一甩，一副不情愿的模样。"不知道啊。"她磕掉了靴子后方的泥块。"我觉得他们不一定会来这里。有什么可偷的？你想要两只兔子吗？"

"继续吧。"

他们看着她爬上船沿，下到驳船里，船因她的体重往下一沉。他静静坐着。

"我闻到了雨的气味。"萨拉说道，站了起来，"要帮忙吗？"她说对了；他的腿睡着了。她伸出的那只手像方向舵一样平坦，宽阔。

"雨是闻不出来的。"格蕾特尔说道。

"闻得出来。有股铁的气味。我们点上灯吧。"

格蕾特尔教他玩拼单词游戏。火被木材包围着，船如同火炉一般热，有蜡烛照明，蜡经由潮湿的墙壁上滴下。他觉得她可能作弊了。词汇很难拼,从来没有现成的,像鱼群一样扭来扭去。他希望他们玩的是拼图,他在家里玩的、在地毯上铺开的那种。有时候,当他用眼角余光去看字母,他觉得可能拼出了一个词,但大多数时候,他只能想到 and(和)、for(为)或 **it**(它)。

"不行,"格蕾特尔说道,"不能拼两个字母组成的词。"

"没有这条规则。"

"是这么规定的。"

胸部的保鲜膜裹得很紧,湿漉漉的。他想把它撕下来,扔到河里。他不敢这么做。萨拉在灯光里快速地走出走进,把用来切兔子的小刀插进刀鞘,兔子挂到屋顶上。飞蛾——被光线吸引——落在餐桌上,翅膀开开合合。萨拉倾身,移动他的字母,她离得太近了,他都能闻到她呼在他脖子后方的带烟味的气。

帐篷里,他把手伸进他的口袋。手指摸到了一样柔软的东西,然后一缩。他把它拿出来。老鼠的双眼看着起伏的水面,它的眼睛像弹珠一样转动。他抬起手,想把它扔到地里。停了下来。他有了一个想法。慢慢弯下腰,把它放到帐篷口,接着蜷起身子,昏昏欲睡。万一出事,它能给予某种保护。以抵挡这一切:河水、树林、他无意杀死的男人、带着捕兽夹的女孩,还有那个女人,她灵活的双手,他梦中裹住他的脸的深色头发。

|寻人|

我离开房子，走了一路，沿着桥走到了纤道上。奥托轻快地跑在前头，又跑回来看我是否跟着，然后接着向前。运河里的水是棕色的，浑浊的。小镇的那块区域原本可能全是仓库和停车场，但那块地被买下，推翻，重新开发。在第一座桥上，我碰到了几个十几岁的瘦削孩子，他们正从桥上往下跳，传来或轻或重的扑通声。他们坐在岸边，把自己晾干，开了几罐时代啤酒。太阳晒得厉害。

我已经记起那年冬天的事，因此看到石头蹦进泥浆，孩子们投进水下、抬起的双手最后入水时，感到头晕恶心。一个女人推着婴儿车过来，她抱着孩子站在一边，大叫着她买的东西，它们正往下沉。我错把一根浮木当成了别的东西，差点跑开了。

我走了两小时。已是夏末，但天气和仲夏一样热。总是有这样一种恐惧：四季不会再来，夏至来临可一年就是不愿退去。退休的人停靠在岸边，坐在外面的躺椅上，晒着太阳，喝着酒。其中两个正在烧烤。水闸边的一家店卖自制的蛋糕和冰激凌；几家人依着栏杆看闸门开合，船只突突地从中穿过。我能闻到洒在外面的飘仙酒和金酒。一边走，我一边又想到万事万物都是并行的，想到如果我足够阻力，我可以往回喊话，而年轻时候的我会在河岸边抬头，听到我说的。我和菲奥娜在一起待太久了。

我又热又累，但不想停下，这里人太多了。我们走到镇外，接着走，直到天黑。

奥托坐着，嚼着地上的草，一边看着我吃力地搭帐篷。"这不是打开后自动成型的。"劳拉带着一点自豪说道，我当时并不明白。好吧，她说得对。

我抬头时已经在不停冒汗，而你就在那里，站在阴影处。你的连衣裙拉至膝盖处，膝盖上染上了草渍，还有刮伤的痕迹。在我儿时你是什么样的，现在你依旧是那副模样。或许每个人对自己的母亲都有这样的感觉，仿佛她们无所不能。你说道：贝加尔湖是世界上水最深的湖泊。占世界的未冻结淡水资源逾百分之二十。蓝鲸是有史以来世界上最大的哺乳动物。一头蓝鲸的心脏重七百千克。蚀相是指一个天体被另一个天体遮挡。你接着说，今晚睡屋顶上，格蕾特尔，我需要一点嘘烟时间。**我需要和马科斯谈谈**。你走近了些，没有在野草丛里留下任何印记。你的头发还留有所剩无几的我给你编的麻花辫，你看上去好几个星期没睡的样子，你宽大的嘴巴张着，以至于有那么一刻，我感到自己能够闻到你青草味的呼吸。**它在这里**，你说道，朝我伸出一只手，那只手的指甲破破烂烂的，看上去就疼。我看着你的嘴型说出那个词（**波纳客**），但实际上说出来的是一阵可怕的静默。我两手摁住耳朵，闭上眼睛。再睁眼时，你已经不见了。

早上，我醒来后把帐篷收好。水流缓缓地拍打着河岸、流过树林的声音让我头晕恶心。大地在我脚下摇晃。奥托追赶着鸭子，我蜷缩着，两手放在膝盖上。突然间，急切地，我想要一根烟，因为你会在这种情况下抽一根。这是我最接近你的时候。这是你的土地，你的世界。你在其他地方格格不入。我尽量不去想昨晚来访的你的鬼魂，她血淋淋的手指甲和发不出声的嘴。与你这么亲近并不会让我放松；光是想到找到你的可能性，我就头晕恶心。

我拿出地图。城市在一片绿色中像鼹丘一样冒出来，河流是一条丑陋的蓝线。我们离开河流，穿过一座牧场，跨过牧场另一头的围栏边的台阶。远处是一座发电厂：正方形的方块，线路在头顶交错；水流的声音变成了地下的嗡嗡声，它在我脚下震动。

我们迷路了。整齐的玉米地和牧场不见了，现在只有零星的田地，泥地里到处是金属桶，表面半被灼烧的波纹铁板。一把倒置的椅子。我流汗，汗里带着尘土，往外吐唾沫。我热极了，肩膀上、鼻梁上和脚背上印出东一块西一块的红。在干涸的沟壑上搭着木板，在我站上去后变形；奥托觉得木板不可靠，往后退，喉咙里抱怨着，直到我把它抱在怀里，嘴里一边咒骂着，一边抱着它走过。

我们意外地回到了河边。我不知道我们在地图上的哪个位置。有一道堤坝，河水在这里缓缓流过，接着往下坠。下方有植被，一半腐烂了，一半在生长。在沙砾质地的河滩上，沿着坡面往水里去。奥托跳下去玩耍，吐出一串串泡沫。

"不行。坏狗。"

有关河流的事，我已经忘得一干二净。有的地方，河水平静得像是有盖子盖住了水面；突然间水流会从深处加速，一路搅动。我们没什么方向感地走着。我想找远离河流的路，但这条小路一直贴着河岸。我停下，又吐了一口唾沫。我的嘴里有那年冬天的味道。奥托急匆匆跑到前头，又回来，再往前快跑。我们还得走两天的路，光是这么一想就难受，我这么想着，接着想问自己在干什么。我为什么要去那里呢？我收起地图。继续走。睡在帐篷里，门的拉链没有拉上，想凉快些。担心这条河会让我做起含水的梦,但一夜安睡到第二天酷热的早晨。继续走。我快到了。我睡觉,早早醒来。空气感觉稀薄,树根在水里凸起。前方变开阔了。我加速前进。走到了路口,离开河边。我右边的松树林变稀疏了;开阔的空间满是疯长的草丛,一片片蒲公英,一丛丛蓟草和荨麻。一群蜜蜂在空中转向。一艘船停靠在高低起伏的岸边,底下的东西往上蔓延至船侧。我拿出地图,颠来倒去。可以确定。这是我十三岁前我们居住的地方。

河流

日子同时在缩短和变长。两个星期过去了。他的父母回到他身边。他想:"我想念你们,我爱你们,我想让你们找到我,我很抱歉。"他想到和查理的尸体一起待在船上的日子。他记得他在他的衣服下遮遮掩掩的东西,可这么明显的秘密,一个人怎么守得住。天太冷了,帐篷的侧面,河的边缘都霜冻上了,冰霜还见于树林的银色线条中。早上,他孤零零的,几乎看不到其他东西。

但在骤逝的下午和漫长的傍晚则不同。萨拉教他怎么找深埋在地下的熊葱。"在夏天,"她说道,"地里会长出蘑菇,有些树上还会结苹果。她教他怎么发酵面团,过滤自酿的啤酒,最后得到琥珀色的液体。

他逐渐理解更多的她们使用的词汇，不过他自己没有勇气去说这些词。萨拉叫格蕾特尔艾尔，有时也叫她韩塞尔或瑞格特尔。格蕾特尔叫萨拉达地或医生。"需要嘘烟时间"意为萨拉需要一个人静静。哈比蠢货可以指任何令人恼火的事，比如盘子掉了或抓伤了，这个词经常使用，通常是喊出来的，意指不顺心的事。令人感到舒服或享受的，通常是柔软或温暖的，叫嘟嘟的——这个叫法源自格蕾特尔小时候的一条毯子，后来毯子丢了。描述河水或河流在不同季节、不同温度发出的声音，有更多的词，多到他记不住。他明白挨拂意为水流更急了，比如说河水一路挨拂或沿着河岸挨拂；兮尔逝①指河流在夜里发出的声音；咯锐尔②是河流在早上的味道。通常，当她们用了一个他不知道的词，他会看到萨拉看着他；他并非总能明白她们说的、他被排除在一些秘密之外，他想，这是不是萨拉所乐见的。听得多了，他越来越明白这些词是发自本能的，基于事物发出的声音或格蕾特尔还很小时说出来的并且一直沿用下来的话而创造的。他看着她们，意识到长久以来只有她们二人，其他人听不懂也没关系。她们在语言和躯体上把自己与世界割裂。她们是独立的物种。他想像她们一样，他想成为她们。

　　他不和萨拉待在一起时，就跟着格蕾特尔，她会清空捕兽

---

① Sills，据作者，是一种嘶嘶的声音。
② Grear，据作者，这个词发音时会皱起鼻子，给人一种发涩、难吃、恶心的感觉。

夹，在风铃上再次挂满老鼠和青蛙的尸体。她给他念了船上的每一本书。她最喜欢的是被翻烂的百科全书，蚂蚁大的字密密麻麻，配有颜色鲜亮的照片。早上，她跟着萨拉上课，课程包括——就他所见——读这本书。她背下了许多词条。阿纳斯塔西娅是一位俄国的女大公爵，她死后，还有人假装是她。斯提克斯是冥间的一条河流。她不准他碰书，她把书摊开，翻页给他看。她最喜欢那些水生动物。他好奇，她之所以喜欢它们，是不是因为比起狮子和大象，它们更容易想象。它们可能生活在河流中，不为人所知，认真地过完它们的一生：角鲸、鲨鱼、乌龟、鳟鱼和鲑鱼。她喜欢大洋的图片，大洋的深度，解释河流如何形成、侵蚀石头的插画。她喜欢罗列出来的知识要点，她会啪地合上书，不给他看。"你知道吗？裸鼹鼠是寿命最长的啮齿类动物？它们就像蜜蜂一样，有群落和女王？"

"我一点也不知道。"他说道。当她说起星星，发光的气体一层层以它们秘密的方式连接到一起以及引力的相互作用时，他很喜欢。"它们成对或成群出现，很少是单独的。宇宙是特别的，行星和天体快速转动时凸起的轨迹，绕着彼此转动，重力场的逻辑，在我们看到一些天体时，它们已经死去很久了。"

他开了小差，格蕾特尔气他没有好好听。

"看这个。"她说道。图片里的动物背上和两侧有厚厚的皮肤，肚子却是柔软粉嫩的。

"它的寿命长达一百年。"她对着他睁大双眼，"你可以通过它骨头上的轮迹知道它活了多久。它能夜视。听力和嗅觉都很灵敏。"

"好吧。"

她把脸凑到页面前。

"它叫什么?"他问道,可她不愿告诉他。

"是个谜语。"她说道,或者他以为她说了这句话。

"是什么意思呀?"

可她已经站起来,离开船上,跑了开去。

萨拉和格蕾特尔把所有河里来的东西(鱼、木板、塑料袋)叫作 sprung。住在船上的人叫人 sprung;宰杀后的畜体、绵羊或者掉进水里的鸟叫死 sprung。他等待河流把他的父母带到他跟前,可河流只带来了背着自行车和一袋袋煤的拾荒人,挂着一串脏兮兮的旗帜、窗户破了洞的驳船。这些船会在岸边停靠约一小时。所有路过的人都认识萨拉,叫得出她的名字,他们好奇地看着他,还试着抓住并抱抱格蕾特尔。他们或喝茶,或拿出一整箱啤酒来,萨拉会在船边把啤酒罐磕开。他们看起来缺少睡眠、疲倦憔悴,手臂和脸部的皮肤过度紧绷,指甲在手掌上留下印记。萨拉问他们要上哪去,他们告诉她要远离那里。"往南,"一个男人说道,"我们尽量往南走。"他们说到黑暗中的声响,泥泞河岸边的痕迹,有很重的东西来过他们船只的屋顶上。她请他们在这里过夜,可他们不愿意,反而劝他们跟他们走。把船拖离岸边,继续驾船,没有回头。

最近几天天气寒冷。帐篷杆断了；河的边缘冻成了冰，鸟从树上掉到坚实的地上。来了最后一条船。一个男人和女人带着三个孩子，格蕾特尔把几个孩子像羊群一样聚了起来，往下游跑了。他们的手扭曲，颤抖，而且是灰色的，脸色更暗。他们说话声太轻了，几乎听不清。萨拉拿出自酿的啤酒，把杯子斟满。那个女人已经醉了或是生病了。她要么一股脑地把话说出来，要么一句不说。他们聊起第四个孩子，是个男孩，找不到了。马科斯静静坐着；感到他的手对手腕来说太大了。他们的悲恸毫不遮掩，仿佛一道强光。萨拉问他们为什么要走，如果男孩回来了而他们不在那里，该怎么办？他只断断续续听到他们说的话，听不清他们究竟说了什么。他们带着萨拉给的几样东西离开了：一只鸡、两瓶自酿啤酒、几条毯子。

"我不明白。"他说道。

萨拉正在收拾杯子。"等不到人，"她说道，"只有一具尸体。"她往握拳的手中清清喉咙。他妈的香烟。她把杯子扔到一桶洗碗水里。

"格蕾特尔还小的时候，"她说道，"她不愿说死，所以我们把死称作离开，有时候她会问东西会不会回来，什么时候回来。即便到了现在，我有时还会觉得她在等我们多年前养过的一条狗或是两个已经去世的朋友。她告诉我说，她觉得他们回来时不会和以前一样。她不肯解释那是什么意思，只说离开后，他们再回来时就不同了。"

他不知该说些什么。他还是不习惯她有时不停顿或不需要别人应和的说话方式。

"我知道你的帐篷被吹烂了。如果愿意的话,今晚可以睡在这里。"

他松了一口气。他知道,到了晚上,他所听到的一切东西会挤满帐篷:那个男孩,还有查理的小小的尸体,他的睡袋底部会裂开,而且下面就是河流,死人会带着其他人的声音或想法回来。她又泡了些茶,他们坐在台阶上一起喝。熟睡的格蕾特尔发出安静的声音。他能感到萨拉的手臂抵着他的。他想到那第四个孩子。

"他们为什么不打电话?"他说道。

"叫谁?"

"警察?"

"不。他们不会那么做的。"

他不明白。他安静地坐着。

"他们能跟警察说什么?"过了一会,她说道,"告诉警察他们看到的东西——其他所有人都看到的东西——水里的东西?告诉警察,他们虽然无法解释,但知道是什么带走了他们的孩子?"

"或许吧。"

"然后警察说:'那不可能;这里不会有那种事;告诉我们你的孩子究竟发生了什么事。'那他们会说什么呢?"

"我不知道。"

207

"他们会说：'我们看到了。我们知道那是什么。你们得抓住它。'然后警察会说：'你们在撒谎。你们想隐瞒什么。'懂了吗？"

"大概吧。"他说道。

她伸出双手，摆了摆，做出把水甩干的动作。"我们不叫警察。我们不叫救火队或是救护车。一直是这样的。他们对我们一无所知，而我们对他们的了解已经足够。"

"可出了事，怎么办呢？"

"我们自己解决。"她回道，站了起来，带着下定论似的意味，让他明白话尽于此。

那是他在船上睡觉的第一晚，但不是最后一晚。他把睡袋的帽兜拉过头顶，用他的呼吸填满睡袋。火直到早上才熄灭。格蕾特尔说梦话，好像即便在睡觉，也忍不住要说话。萨拉睡觉时很安静，他好奇她是不是真睡着了。他能感到她就在不远处，仰躺着。她的存在感是尖锐，惊人的。

夜里，河流从北边急涌而来，带来了在泥浆里扭来扭去的银色的鱼肚皮，被水流冲垮的船只的甲板，从季节滞后、刚刚入冬的地方带来的打着旋的秋叶，从海里来的盐粒和鹅卵石。水里有数不清的波纳客：有尸体，他们的鬼魂可能挂在锚上，就此决定留下；有树桩，粗得足以把船掀走；有运河贼，它从激流中升起，踌躇不前。

六　由残骸构成

|河流|

　　一只上了年纪、被寒潮冻得晕乎乎的蜜蜂蜇了他,萨拉正在把刺针吸出来。他低头看到她的深色头发之间白色的分路。她赤裸的双脚在地板上左右移动,一只手握住他的手臂,让他保持静止。我在这干什么呢?他这么想着,接着,她站直了,牙齿咬住了针似的蜂刺。

　　"你想留着它吗?"

　　她把刺放到他手里。"这代表着好运。尤其是在这么晚的时节。它们蜇完你就死了。我想今晚我们可以好好做一顿吃。你觉得呢?一顿大餐。想吃什么就做什么。"

　　"好的。"他说道。

　　她把脸贴住他的脸颊。那天早上,她看上去很年轻,富有活力或是紧张。早些时候——在外面的灌木丛里——他看着她和格蕾特尔双手倒立，脚踝悬在她们的头上。格蕾特尔的腿摇摇晃晃，往下掉，可萨拉的伸得笔直，一动不动。他感到手腕上一阵刺痛，他看了一眼，发现那只蜜蜂弓着身子，布有斑点的尾部向下对准他的皮肤。

萨拉打开船上的门，趴在地上清洁，把一桶桶脏水往河里倒。他在她身边弯腰帮忙。她在流汗。他想问她，听到那些消息后她担不担心，可他没说出口。他知道有些东西不能谈：死去的男孩，被人闯入的屠夫的船，除了他们大家都在逃命。有些路过的船只给他们留了肉，新鲜的面包，一块亮黄色的黄油。他们会大吃一顿，享受大餐。

"你来洗碗吧。"她皱皱鼻子说道，接着笑了起来，"你上次好好吃一顿是什么时候？拿着我的毛巾。那个桶里的水是用来清洗的。你身上的那股气味，格蕾特尔以前常说这好闻，不过那时她还小而且讨厌洗澡。她会说，我闻起来不错。"

他抬起手臂，脸往腋窝的褶皱里凑过去。她说得对：他从来没那么难闻过。他已经将近一个月没洗澡了——上次还是在他父母家狭窄的淋浴间里——也将近一个月没有穿干净的衣服，看看自己的身体了。他的头发就像甲壳类动物。

"小心，"萨拉说道，"这个季节水流很急。小心被冲走。"

他犹豫不决。他想告诉她自己很害怕；他不敢下水。运河贼就在水里，在河底的某处，伺机而动。

"别怕。"她说道。不知为何，她似乎知道他心里在想什么。她把他拉近了些，手臂环住他的肩膀。"别怕。如果你去那里，那里有树遮挡。你叫我的话，我能听到。"

他突然冒火。她对他说话的方式好比他和格蕾特尔一样还是个孩子；她以为他会喊她。不一会儿，他又不再生气了。如果他叫她，她会来。她知道他在想什么。

他走到帐篷处，拿了保鲜膜和几件内衣，洗得差不多干净后，放在一边晾干。

还不到堤坝的地方有一个角落，那里河流变宽了，而且往一边去，有一处小水塘，河上的船开不到那边去——入口处被一片密集的光秃秃的树林挡住了——但很容易从陆地上走过去。他在上游的岸边犹豫。一直以来，他都十分小心，与河流保持距离，确保他从不——如果他能忍住的话——背对它或忘记它在那里。大多数时候，他会提醒自己那时候在林下看到了什么，那些人都在害怕什么。他可以回去，什么都不说，试着用桶里的水洗洗，遮盖掉部分的气味。他又抬手去闻腋下，转过头再闻闻他的头发，他耳后的小撮头发开始长了。她说得对。闻起来不错。一想到她闻到他的气味，知道他有多脏，让他的牙龈都疼了起来。她正在做晚餐，她想让他过去，和她们一起吃，他在她们船上已经睡了快一个星期。如果她叫他下水，永远别回去，他会照做。他告诉自己，这是出于对她所做的一切的感激,但他早就明白,这不止感激。

他从岸上涉入水中,仰躺在水面上。很冷。没关系。他把水草往边上一扫。艰难地把手臂从第一件T恤里伸出来,接着一股脑脱下,给自己壮胆。扭动着脱下裤子,把裤子直接扔进泥潭,搅动着想洗掉那股味。内裤也是一样。保鲜膜裹得太久,已经粘住了他的皮肤,他费劲地想把它扯松,可它还是不动。然后扯了下来。他笨手笨脚地屈膝蹲下,掬起水泼到肩膀上。挤了一团沐浴露,揉出泡沫,用力搓洗身体,接着冲干净。

再次看到,感觉可真奇怪。乳房比之前更大,瓶子一样的形状,肉鼓鼓的。身体的其他部位比较瘦,起褶的肚子吸附在过大的肋骨下。他的双手上有被船边的荨麻刺出来的紧绷的红色肿块,腿上青一块紫一块。有一层粗糙的泥土——像两栖动物那样的——他用力搓。他两腿间的毛发更浓密了,打了结。他发现自己一只手按住那里,想找不存在的东西,还没有靠用力想就能长出来的东西。他的身体提醒着他。他拢住一只乳房,托着,感到一阵困惑从双脚传到头上。就在那时,他想起了在水流下举起双臂的萨拉。他坐下,又往河里去了点,想感受水流流经他的双脚。他看着自己的皮肤在泥沙下露了出来。两脚箍住从泥里长出来的树根,往前倾身掬起几捧水洗脸。他滑倒了,没入水里,来不及反应。他在昏暗中睁开双眼。只能将将认出面前的他的双脚惨白、幽灵般的形状。想起了——一股电流流过周身——他把那个死去的男人投入河里的时候。把他投入河里。他努力往后仰,嘴巴大张,想呼吸空气。死去的男人(**查理,查理,查理**)是怎么沉下去的,连同他的想法——所有河流都连接在一起,所有当下的事都与那具尸体联系在一起——都没入水下。

他起来了,干呕着,想要呼吸。

|寻人|

船的门把手上缠着铁链,我把脸贴在窗户上——玻璃太脏了,看不见里面。灌木丛里,有一辆翻倒的手推车,八仙草从轮圈里长了出来,还有几个方便面盒。草地看上去被烧过两次,又病怏怏地长了回来。有一辆蓝色的沃尔沃。我试着打开车门,门开了。座位快腐烂了,方向盘上有手指印。储物箱里有一张苏格兰地图、两包干透的烟草。车后座上,有一堆乱糟糟的塑料袋,脏兮兮的水瓶和鸡蛋三明治的空包装盒。我一边翻着东西,一边能感到自己的双手在颤抖。这是你的车吗?我站直了,四处张望,喊你的名字。这是你的,还是其他人丢弃、任其腐烂的厢式车?我太想和你在一起。你出现的第一个迹象,活生生的,正在走路的,向窗外探身的。我想象你车开得很快,开

过曼彻斯特和湖区，把座椅往后调，然后睡觉。你在找什么？不下车吃东西，垃圾都扔在脚下。跟着电台唱歌。想着我，正如我想着你一样。或许马科斯就坐在你边上。或许你们一起聊起了我，说你很快就回去，想马上见我。

我到外围转了一圈。奥托用鼻子四处拱着，喘着气，回头看看我，一副等不及想走的样子。这是我一路想找的地方。或许这里是我一开始就该来的地方。我们的出生地回到我们身边。可是，待在这里感觉不自在。茂密的松树林上头，一群群鸟儿盘旋，集结。我记得在农舍里，在一切的初始，想起过恐惧。这里也有恐惧。会找到什么；永远找不到什么；我找到的但为时已晚的东西。河流似乎一动不动，靠近岸边的地方很浅，可以看到下面的石头。我探身去看，这让我的胃翻腾起来，而当我收回身体时，天空似乎颠倒了。我双膝触地，脸颊贴着草地。待我转头去找奥托时，他不见了。我站着喊他的名字，有什么穿过这片田地朝我过来，我没有看见。

突然，我想了结它。了结这一切。我不想待在这里，看着一辆可能是你的也可能不是的车。我想结束。我在船上找到一桶汽油，全部倒在沃尔沃潮湿的座椅上，双手在草地上蹭干净。火并没有如我想象的那样一下子蹿起来，而是冒了一会烟，接着突然烧了起来。不远处是树林，我想象自己可能会把整片森林烧完。我早该知道的。车子烧得太热，我往后退，站在船上的屋顶上看着它。

门上的锁比我料想得要难砸。我在周围转了转，找能用来撬锁的东西。一想到自己待在船上，就让我不舒服，但我更害怕待在外面。在船的一头，绿色的防水布下，我找到了一把铲子。手柄潮湿，但能凑合着用。我把它卡进挂锁，撬开。

连接着船内的向下的台阶烂了，我的脚直接踩穿了。在令人不适的那么一刻里，我以为这是我们曾经居住的船，但不一样：肮脏的舷窗，固定在带有弧度的墙上的架子，一堆毯子。一阵散不去的高温。炉灶很久以前就被撬走了；烟囱开口朝向天空。没有其他东西。最里头散落着什么东西。我走过去，动静很大，踩着脚以防有蛇。每一样东西都散发着霉味，放了太久的气味。我举起毯子，毯子碎了。我已经忘了每走一步船都会晃动着做出回应的感觉；你的脚下有水。我在烟囱口下的光柱里站定。吃了一些从房子里带来的面包。

我肯定不知不觉睡着了，因为醒来时浑身是汗，然后去外面小便。汽车车身仍在冒烟，周边硬实的泥地上有几个洞。我用靴子在洞上踢了踢。没有鼹鼠或兔子，这些洞是对称的，边缘呈直线；是用铲子挖出来的，我在不远处找到了插在地里的铲子。这些洞看上去意义重大，仿佛是语言出现之前的标志，我读不懂。我没听到任何声音，想到有人在周围摸索，而我对此一无所知，这让我感到不适。我退回到船上，把我的睡袋放到屋顶上，坐在上面。这里只有从松树上起飞的鸟、几只松鼠和水的声音。天气从没有这样热过，我发现自己在打瞌睡，高温在我的眼睑上留下白色的印记，我两脚箍住烟囱口，以防自己滚下去。

等我清醒时，有人在我下方的船里砰砰地走来走去。我一手举起铲子，在空中练习挥舞的动作。下到船尾，把门踢到一边。我能听到它的呼吸声，它的体重在浸了水的地板上移动。我往里走，里面太暗了，我只能看清它身体的一侧，它直立着，手臂很长，头顶是白色的。波纳客。回来了。我们一直以来害怕的东西。我把铲子举过肩膀。

你往前走出了昏暗，看着我，一只手遮着脸，阻挡光线。我扔下铲子，它回弹了，差点砸中我的脸。我朝你伸出双臂，而你则疑心重重地看着我。

"你干吗烧我的车？"你说道。

我朝你伸手，想摸摸你的脸和头发，还有你的手臂。你发出嘶嘶声，把我拍开。我告诉你我是谁，可你就是不信。

"格蕾特尔，"你不断重复，"比你矮，头发的颜色也和你不一样。你干吗烧我的车？"

你看上去神志不清，紧张焦虑。我们彼此都保持距离。简直难以置信：你在这里，我找到了你。我等着你行动，往树林跑。如果你这么做了——我告诉自己——我会追你。我感到慌乱，一丝丝歇斯底里；你在这里，活生生的，带有牙齿的，完整的。我想把你和我绑在一起，防止你再次离开。你小心翼翼地绕着我移动，似乎怕我会朝你扑过去。我想扑向你。我想抱住你，不放手。我从未作为成年人和你在一起过。我能感到自己正回到过去，回到以前的状态。我想让你给我做饭，睡前给我唱歌，给我洗头，编辫子。你是我的母亲。我又重新回到了十三岁、十六岁的时候。你从格雷格斯快餐店带回了干透的甜点，你在夜里哭喊，我们吵架。我没有生气；我爱你。

"你有吃的吗？"你问道。

"没。"

你没有直接与我对视。我站在透过天花板上的洞口射进来的阳光下，希望你能认出我。我多么想看到你突然清醒，说你这几年一直在找我，现在找到了，一切都会好起来的。我想你告诉我，每一件事都是情有可原：你起初离开我，你是这样的母亲。我感到一阵突如其来的、激动的热度，告诉我我可以在你面前毫无保留、声嘶力竭地哭出来。我不记得上次哭是什么时候。我紧紧捏住鼻子，让这种感觉退去。

"埃尔比你年轻。"你固执地说道，一边两手放到胯部，我记得你的这个动作；意味着对话结束。

我仔细打量你，想一次把你都看进眼里。你也老了。我能看到你衣服下的身体部位下垂，肚子松垮。你的脸多了一点弹性，脸颊胖嘟嘟的，皮肤沿着颈部下坠。不过，你的手臂和小腿还是有肌肉的，我在你拉扯裤子、抓挠皮肤的时候看到了。你的手指变黄了，我等着你像以前一样点上一支烟。但你只是时不时地拍拍臀部的口袋，接着哼了一声——真是你一贯的风格,我在你的肩膀上寻找,寻找我那年轻时的母亲,她生气、高兴或不耐烦时会发出喷、哼的声音或吹起口哨。你胸部的T恤有一侧鼓起,而另一侧则松松垮垮的。我注视着。想挪开视线。但做不到。继续盯着看。你看着我,眯着眼,似乎视力不如以前了。

"你有吃的吗?"

"没。"

"你在我船上干吗?"

"这里没有人。"我说道。

你听了似乎来了兴致,两手捧着脸。"我以为我在这里。"你说道。

天渐渐黑了,你开始冻得哆嗦。想一把抓住你的想法还在;我克制住把你裹在睡袋里、拖到地板上、用脸贴住你的冲动。你是我的母亲。你是我的母亲。

我想找木材生火,但害怕我一转过身,你会再次离开。

"我们出去吧?"我说道,你跟着我,可不愿靠近我。我听你对着松树咒骂,用宽大的手掌折断树枝。我刚开始生火,你便把我挤到一边,嘟哝着手艺真差,把我笨手笨脚堆起来的柴火重新拢成一堆。

向上蹿的火焰让你的脸和身体发生了变化,让时间旋转起来,我仿佛像过去一样坐在你对面。我看着你,感到有什么东西开始进入我体内，倒塌了。一种决心或意志；一种成熟。我以为我会生气，但多是宽慰。我找到了你。过了那么久。你在这里。我张嘴想解释，告诉你，而你则隔着火堆瞪我。

"你在我船上干吗？"你说道，"你是谁？你想干吗？你为什么烧我的车？我本来要开它的。"

"我不知道是谁烧的。我都不知道你会开车。"

我说这些话的时候，你安静了下来，用你靴子的一头戳着火焰，或是唱两句我不记得或听不出的歌词。你的头发从头顶到发梢都白了，比我以前看到过的都要长。你撸起你外套的袖子，拉起你的裤子，露出小腿，对着火。你身上有我以前没见过的伤疤。小腿上有一道特别明显的，我指着。

"那是怎么来的？"

你耸耸肩，用手指戳了戳。"一场意外。"

你大笑起来，大笑得咳嗽起来。"你见过格蕾特尔吗？"你双臂抱着胸口，做出哄孩子的样子，看看周围，"她肯定睡着了。"

"我没睡。"我说道，"你和格蕾特尔住在这里吗？"

你点头，用靴子点了点火堆。"我离开了我的第一个宝宝。"你透过火焰认真地看着我，"所以，现在只有格蕾特尔。你记得吗，"你说道，"第一艘船？你记得那个宝宝吗？"

"不记得。"

你双手攥紧，抵着胸口，嘴唇抖动。看到你这样，我近乎感到羞愧。年轻时的你没空脆弱或犹豫。我又朝你伸手，你立刻往后退，叫喊着，双脚在泥地上乱踢。

"我给她打了电话。我叫她过来。但她还没到。"

"是我，萨拉。我收到了你的留言和邮件。我一直在找你。"

你往脸颊吹气，脸颊鼓起。"我笨手笨脚的，"你说道，"总是丢东西。有一天，我丢了车钥匙，所以只能在这里，哪也去不了。或许我们可以一起去找。还有其他东西。我也丢了。我们可以把它们都找回来。"

"或许吧。"

"我们能找到那个宝宝。"

"我在这呢，妈妈。我已经不是个宝宝了。"

你往前凑近火堆，从一边抓住我的头，你速度快得出现了残影，你的指甲很长，我感到血从我的脸颊上流了下来。感到你的双手碰到我的脸，这让我喘不上气。"天啊，格蕾特尔，"你说道，"天啊。"

|河流|

　　大餐。他们用手抓着吃腌猪肉。奶油土豆和芝士面包。火向上往烟囱升起。萨拉不停给他倒酒,他数不清喝了多少杯,杯数在他的脑袋里像风速转盘一样旋转。酒是甜口的,很开胃。他吃了更多的猪肉,牙齿咬碎那层脆皮。他一直吃到饱,接着,她又给他盛了满满一盘,他继续吃。他时不时地加入对话。格蕾特尔在打瞌睡,脸窝在手臂的弯曲处,张着嘴呼吸。

　　萨拉往后靠墙一坐,两腿伸向前方。他看了看她的嘴,裙子和肩膀之间的脖子处的白色皮肤。他手脚并用到了她身边——来不及细想——把头枕到她的腿上。他能感到他的脉搏快速跳动,在他的手腕处和手指间。她两手放在他的头上,在发层之间,抵着他疼痛的太阳穴。

"我到了水下。"他说道,"我洗澡的时候,到了水下。"

他能感到话语不受控制地像泡泡一样被他吐出来。她的手一直抚摸他的头,把头发往下捋。

"没关系的。"他还没告诉她自己干了什么时,她便说道。他杀了一个男人。他杀了一个男人,把他投到了水里。她用一只手把他从腿上抬起来,站了起来,玻璃杯贴着嘴巴,一饮而尽。她之前烧了一桶水,打满了肥皂泡。她把盘子一个接一个从桌上拿起来,把它们塞进桶里。从她手臂上的红线,弄湿她的脸和头发的蒸汽,他看得出来水有多烫。她转身,用身前的裙子包住双手,想要擦干。

"你有没有想过,"她说道,"它大概长什么样?"

他醉得很,有那么一刻并没有听明白她问的是什么。他定睛看她。"是的,想过。"他说道。虽然他不确定自己说的是不是真的。他是不是真的想过波纳客看上去像什么。

"我也想过。"她说道。她的声音显得年轻,像格蕾特尔,她的双手仍旧团在裙子里。"我最近一直在想呢。我知道格蕾特尔也是。"

她没有问他,他觉得它长什么样。她告诉他,她想象中的波纳客身体修长,腿部肌肉发达,肚皮发白,白色的牙齿参差不齐,悬在柔软的边缘。它在水里游得很快,当然,在陆地上也十分迅速。它可以消化吃下去的任何东西。它想吃什么就吃什么。它很狡猾。它如果想,就能学会人类的语言,不过——

她怀疑——它不想学。为什么想要学呢?

她洗的时候,他过去擦盘子。格蕾特尔在他们身后发出平缓的熟睡声。他能感到身边传来的她的肩膀的热度。

"我觉得,你或许应该明早离开。"她说道,"我不知道你从哪里来,但你得回去。"

"我不能回去。"他说道。

"好吧,那你就去别的地方,只要不是这里。待在这里对你不好。这么做不对。找一个小镇。一个火车站。去某个不知道有这种地方存在的地方。那样的地方有很多。每个人都会忘记。你也会。如果你努力尝试,任何事都能被遗忘。"

她拿起酒瓶,往嘴里倒,他透过玻璃看到了她尖尖的牙齿。"不过,你走前,我需要你帮个忙。你愿意吗?"

"愿意。当然了。可以啊。"

肿块,她说,在她的腋下,靠近下方。她一周前摸了出来,但没有人帮忙就没办法确认。

"你想让我做什么?"

她教他双手摊开,手指交叉,推按。

"你要找的是异物,不应该有的东西。"

他感到腿上的骨头受到撞击,开始震动。她的乳房上和乳晕周围的蓝色血管像地图等高线一样,上面还有些许毛发。她指给他看,就在腋下。他两手往前按住。

"用力点。"

往下按到了软肉。她的乳房贴在他的肩膀处,他能闻到她的呼吸。太过了,他受不了了。

"没有,"他说道,"我没摸到。"不过,他正松开手时,觉得他可能摸到了。肉里面有一块软骨一样的东西。

"那很好。"她说道,把上衣拉下来,"如果你想要我帮你检查,说一声就好。在你走之前。"

"什么?"他的头往后一缩,远离她。

"什么时候都可以。我可以帮忙检查。现在睡觉吧。"

| 寻人 |

我和你待在河上，睡在船上，堆起火堆来赶走夜里的寒冷，直接从我包里的罐头里吃东西。我习惯了和你待在一起；不再担心自己会在醒来后发现你不见了。你似乎也习惯了我。一天早上，你漫不经心地叫我格蕾特尔，仿佛你从没怀疑过。你对我发出啧啧声，双手抚过我的脸颊，想理顺我打结的头发。"你在这里干吗呢？怎么找到我的？"你往手上吐口水，擦拭我脸上的污渍。我去取木材时，你总是跟着我，抓住我的手或略使劲地扯我的头发。

"看到你真嘟嘟，格蕾特尔。"你说到。听到那个古老的词，我感到自己的胃快坠了下去。你说出这个词的时候，带着一种升起、上扬的调子，和我记忆中的不一样。真嘟嘟啊。我闭上眼睛。

有时候，你糊涂得厉害，我只能随你去。你吸入尘土或者往下弓起身子盯着火。你蹲下，脱下裤子，在你坐着的地方就地小便。我想告诉你所有我经历过的事，但你就像一个筛子，留在筛子上的东西布满了洞眼，或者说由残骸构成。

我和你在一起的第三天，天刚亮，你就爬到屋顶上，指着树林的方向。

"他白天睡觉。"你大喊道。

我跟着你爬上去。你仰面躺下，我躺到你身边。虽然天已经亮了，你还是指着天上的星座，告诉我是什么。你抓住我的手，握着，你的指甲嵌进我的手掌。

"谁会呢？谁会在白天睡觉？"

你没有回答我。月亮还剩最后的一些光影，正在淡去。热浪虬结在早晨的重量之下。河流正在挨拂，一路裹挟着许多斯普尔昂。我睡着了，就一会，醒来时你已经走了。灌木丛中有一股热浪，发烫的土地散发出臭味。这是一片可怜的土地，树林后是乱糟糟的铁路，水闸正在腐烂。每样东西上都盖着一层薄土，仿佛刚经历过火山爆发或风暴。我在船上找你，但你不在，你也不在灌木丛里或水边。我在林中徒步，很恼火，大声叫你。这地方会把人吸走，把人整个吞下去。我连狗都丢了。

树林里传来动静，有人影闪现。你身体的一半没入水中，双臂在水下，肩膀也快被淹没，连衣裙泡了水，绕着你的胯部。

我叫了你的名字，你转头看我。你露出参差不齐的大牙，笑了。

"他刚走，"你说道，"不久前，他就在这里。"

可我看向水面，觉得自己有那么一秒钟的确看到了他，就在水面下，消失了。

那一刻我明白了，你给我发邮件时，你并没有如我所想找到马科斯；你找到了波纳客。一旦明白我要找的是什么，这里有什么东西就很明显了。各处都有迹象，船的四周、树林里、泥地上都有。我们去过的所有地方，它都在。你把迹象指给我看：被抹平或带有爪印；长在水里的一棵树的树根凸起在外，我们只能看出树根是一头羊的形状，但水下其实是它的食品柜。草地被它的体重压扁。甚至船顶上也有它特有的五道爪印。

它会睡觉，你告诉我，睡觉时张着嘴，有时候还睁着一只眼。

你看上去平和，冷静，甚至心满意足。我想到你们在水下蜷缩、伸展的样子。有种近乎陪伴的关系。似乎你变老了，它也变老了。似乎你们达成了协议。

"但你杀了它啊。"我一遍又一遍地跟你说。你无视我。"我以为，"我说道，"你杀了它？"你把裙子拎至膝盖上方，晃动手臂。你对我微笑，迷人、祥和的微笑。我记得你告诉我说，你杀了它。那年漫长的冬天里的一个晚上。

我看着记忆在我面前固化。我记得你将灯固定在船头，让我在那里看着废墟和大得能把船掀翻的树桩。你在我肩上围了一条毯子,在我额头上印下一个冰凉的吻。"马科斯在哪里?"我问道,你的脸在昏暗中显得脆弱,你的眼睛闭上了,比眨眼闭上的时间要长。

"他很快就会跟上我们。"

"波纳客死了吗?"我问道。

"是的。"你说道。毫不犹豫地。"昨晚我杀了它。"

你可能在撒谎,这我连想都没想过。

这么多年来,我一直在找你,你一直在找波纳客。你用近乎宗教的语言描述它;这是一次十字军东征。我想,你相信这是一种苦修。一磅肉①。你自豪地说起它——你的征途——但对我而言,它似乎是我们两人中的一个反复做到的噩梦。

你把我丢在赛马训练场,自己回到了河边,但它早就不见了。你告诉我看到了迹象,听到了动静。伯明翰船闸附近的猫被杀了。一整片牧场上的绵羊一夜之间消失了。回家路上的孩子,他们的衣服在河里被发现。你徒步去了各种船坞、运河社区,警察不会去的地方,因为他们不知道这些地方存在。船民喜欢听精彩的故事。你像爬梯子一样一路北上,苏格兰向你敞开,接纳了你。

---

① A pound of flesh,典出莎士比亚的喜剧《威尼斯商人》,现普遍指合法但极不合理的要求。

多年来，线索断了，路线跟丢了，接着，最终，在一条高地小河里，你又见到了它。它比你记忆中的速度更慢，它近乎带着疲态从岸边滑进水里，接着消失。你也老了，更加不确定了。你把小刀第一次刺进水里时，它已经不见了。

你跟着它从南到北，又从北到南。波纳客仿佛知道是谁在跟踪它，一路游到松树林边，然后停下。你看到它爬上陆地，在阳光下，往湿答答的烂泥里挖洞降温。你看着它追赶温顺的、懒洋洋的鱼群或是躺着守候来河边喝水的啮齿类动物。它很狡猾。你看着它待在水面下，嘴里含着树枝，捕捉来搜集树枝筑巢的鸟。有某种共存的关系。你在那里找到了旧船，有时候会坐在屋顶上，和你下方水中的生物一起唱歌，倾听。你有时候用捕兽夹抓到几只兔子，你只吃一半，剩下的扔给它。我们一起找木材或听水流过时，你把这些断断续续地告诉我。你说话的时候就跟以前一样，仿佛什么都没有改变，仿佛你知道流经的一切东西。我害怕地看着这些清醒的时刻，因为知道它们不会持久。你告诉我，并且哭道你忘了自己为什么跟踪它，做这一切有什么意义。你完全忘了，一直以来，你都想杀掉它。

|河流|

他们想钓雅罗鱼或狗鱼。萨拉在船的另一头沉思,两腿悬着,渔竿的一头抵住肚子,她把线拉出来,抛得比他或格蕾特尔更远。

早上,他醒来时,萨拉已经整理好他的背包,把它放在床垫的一头。他绕着她一圈圈转,因为焦虑圈越收越紧,他等着她叫他走。他的双手记得那晚的感觉,他觉得他在她的腋窝下可能摸到的结节。他不确定。她擦洗沾满食物的盘子,把一只干瘪的苹果切成大块,逼格蕾特尔吃了它。她不怎么和他说话,只是问他有没有钓过鱼。"钓过一次。"他说道。她教他怎么把虫子压到渔钩上。他明白了,走不走由他决定,她不会逼他。他还明白了,他不能离开。不仅如此:他再也不能离开她。

他的渔竿绷紧了,接着震颤。他两手湿漉漉的,忘了手法,动作笨拙,差点没抓住竿子。鱼线震颤着往下。就在水面下,他能看到有东西在动。鱼头冒出水面。它的头很重,渔钩穿透了它扁平的鱼唇,灰色的躯体在后面游动。格蕾特尔已经来到他身边,正看着呢,趴伏着。

"钓上来。钓上来。"她说道。

他在找萨拉,希望她来看看。片刻间,河水似乎把鱼往下吸了回去。接着,分叉的鱼尾出来了。他两脚卡住细栏杆,坏掉的那条腿失去平衡。鱼在空中往边上甩去,鱼身有他手臂那么长,鱼的眼睛和格蕾特尔的外套扣子是一个颜色,她把外套脱下来,张开衣服把鱼包了起来。他把它往船边拖去。

波纳客从水下直接蹿上来,张开下巴。它的背部崎岖,颜色如同苔藓;它的肚子柔软,是白色的;腿短而有肌肉,向下弯曲,把身体往上推。看它的身体移动的样子,可以知道它和他们是不一样的,它没有骨头,只由肉组成。它看上去——他还有时间想这个——和萨拉描述的一模一样。有那么一刻,鱼定格在它向上的牙齿间,接着不见了。他感到渔竿上有一股可怕的拉力,他两脚从他身下滑出去,重量压在他坏腿的一侧。接着线断了,渔竿脱手掉入水中。

七　波纳客

| 河流 |

"我觉得我们得抓住它。"萨拉说道,"波纳客,我们会抓住它。"

他希望她能改变主意,起锚往下游走,离开。她会忘记她曾叫他离开,而他会上船和她们待在一起,永远生活在一起。

"我们需要,"仿佛她能听到他的质疑似的,"抓住它。"

格蕾特尔把她的一只老旧的捕鼠夹放到桌上,拆解了,好让他们明白其中的原理。萨拉嗯了一声,表示欣赏机关的精妙的地方,强劲的咬合力和弹簧的构造。她整晚都在烦躁,坐不定,总是起身把东西挪来挪去,打响指,脚在地板上拖拽。她还站在他跟前,俯视着,她宽厚的嘴唇卡在上下两排白牙之间,她的双臂交叉,两手拍着胯部。

"怎么了?"他问道。

"没什么。"

可她还是盯着他,眼睛几乎闭合。他不知道她想干吗。他感到自己的脸变烫了,于是看向别处,忙着做其他事,感到她的视线落在他的后颈上。

格蕾特尔教他们怎么制造张力,怎么把它摊平,轻轻放置后一旦触发就瞬间咬合。会有一个笼子,一头放诱饵,笼门可以落下。船里的空间不够,所以他们把所需的东西全都搬到岸上,在那里做。笼子两侧是灌木丛边的旧树篱用铁丝缠绕起来的,柴油罐里装石头充当重物。萨拉把船上的门卸下来,装到了笼子的一头。这个机关大到刚好能容纳一个抱膝躺下的人,但如果那个人站着就不那么舒服了。

"我们可以到森林里去,找到最近的小镇。"他大声说道。她们看着他。"我们索性离开吧。"他说道。

"沿着河往下,在我们下游,有更多的船,家家户户都住在船上。"她说完后沉默了。他明白她这么说,意思是如果他们不抓住它,更多的人会丧命。他想到那第四个孩子。他的皮肤在水里浸泡了太多个夜晚,已经发皱,他的双眼是白色的。他想到回到他父母身边——在这一切发生后——并不会有所不同:仿佛他死了,又回去了,回去时已经完全变成了另外一个人。

这个捕兽装置笨重,粗劣。罐子会甩到前方,发出巨响。它很沉,难以搬动。

"它不需要维持很长时间。"萨拉说道,"这不是战争,只是一场小战役。等这周结束,一切将重归正常。"

他不明白她的意思。没有什么能恢复到以前的模样。她把最后的生猪肉拿了出来,放到捕兽装置的一头。用一把枯树叶和几根树枝遮住铁丝。

"这是诱饵。"他一边说道,一边记起了什么。

萨拉看着他。"你是怎么知道这些的?"

他没有回答。她摇摇头。

他身边的格蕾特尔没有吱声或跳舞,只是静静地挂在船边,看着。他看着她,一边想到,她是否早就知道这是什么了。她给他看的百科全书,她空空的捕兽夹,所有她说的谜语。他努力回忆它屈体浮出水面,从他的鱼线上夺走鱼时的模样。可记忆已经在退去,他不确定哪些部分是他记不清了或记岔了。

"这事完结后,我们要去哪里?"萨拉说道,她摇晃着格蕾特尔的手,对他微笑,"我们去哪个国家呢?"

"我不知道。"

"炎热的地方。你晒黑了会更好看。"

"是啊,"他真心实意地说道,"是啊。"

萨拉已经决定,他们会把船停到河中央,这样他们就能在远离捕兽装置的同时密切注视。他们检查了系泊的索具,接着放开船,让它随着水流晃开去,绳索落入水中,然后拉直,绷紧了,连接着河岸。他下锚;锚下水后往河底沉,很快就看不到了。水位很高，水流很急。他抓紧舵柄。格蕾特尔蜷缩着抓住屋顶。水流敲击着船侧。岸上的捕兽装置看上去正戒备着，十分警惕。他们头上飞过某种生物，可能是一只蝙蝠，它尖尖的翅膀往下弯。

夜里，马科斯醒来时，船里有一股湿热，略带咸味的水气聚集在船的角落，墙壁散发出发芽的大蒜的气味。他能感到他一直以来做的梦的残余像细线一样缠满他的脸。梦里有他父母房子里的客厅，挂着灯具的窗帘杆，木质餐桌上吃剩的蛋糕，装满肥皂水的水槽。他能听到楼上和外边河流传来的动静，河流听上去像在撞击花园的墙壁，水位上升，直逼桥梁。仿佛又回到了过去。菲奥娜就在那里，但他看不清她的脸，只能看到一个模糊的影子，她修长的手臂和她那晚穿的裙子的颜色。她又在跟他说他会对他的父母做什么。话语在厚重的空气中固体化，他看着这些话语从她的嘴中升起，朝他的方向移动。她说了一遍又一遍，每一次语气愈发急切，让他觉得自己听漏了一些信息，没听懂这些话，它们的定义模糊不清。他向她伸出双手，她说道——是萨拉的声音——**马戈特**？

萨拉坐着，毯子围在身上，透过手中冒着热气的杯子眯眼看他。他晕乎乎的，房间慢慢地在他周围重组。

"格蕾特尔人呢？"

"我把她带到屋顶上去睡了。她没事,以前就在上面睡过。我需要一点嘘烟时间。"

他起身,因为睡在硬地板上而浑身僵硬。"不好意思。我也上去吧。我陪格蕾特尔坐一会。"他说道。

她不听他说的。"要喝杯茶吗?"

他不确定要不要点头,但她递了一杯给他。从毯子的两侧看,她的肩膀是裸着的。他脚边有一堆衣服。他拿起杯子,没对准他的嘴巴,烫到了自己的手。他听到床上传来她轻轻的笑声。喝得太急了,又烫到了他的舌头。

"我想。"他说道——

"过来。"

他发现自己的双脚在移动。仿佛船里有一股气流。外面天还是黑的。毯子下的她没穿衣服。他两手颤抖。她正在解他衬衫的扣子,一粒接着一粒。他感到一种稍纵即逝的不适感,这种感觉,他心想,和失足、快要跌倒时的感觉是一样的。她拉扯他的袜子,而他则在想这样好吗。像一场天灾一样发生,不受任何人的控制。他想到,这终归会发生的。正是因为这样,我才会来到这里。这是我来到这里的目的。然后:一阵惊慌,从他的腹中开始,爬上他的喉咙。不,他想,不。梦里菲奥娜的脸——带阴影的圆脸——拥进他的视线,她的嘴正说着那些可怕的话语。

"等等。"他说道。把他的手放在她肩膀上。

"别怕。"

当她开始解他裤子的扣子,他突然记起被他轻易遗忘的事。被隐藏的事。

"等等。"

她嘘了一声,让他安静,抬起一只手,把裤子脱到他的膝盖处。船上很冷,但她在出汗。她把脸贴住他的膝盖,吸了一口气。看上去动摇了,一只手掩住她的嘴巴,脸朝上看了他一会。"我需要——"他说道,但她动作迅速,把一层层上衣拉到他的头顶,手去摸皮肤。用食指和拇指捏了一把他的肚子。他看到的自己肯定和她看到的一样:一圈圈的保鲜膜紧紧罩住他的胸部,一缕缕汗湿的、海草一样的毛发在他的腋下。现在,她的手指摸到了保鲜膜的一头,让他转圈直到保鲜膜松开。她的嘴像一只湿漉漉的手,罩住他的乳头。再一次有了那种感觉,即他明知道那里有一级台阶,但故意踩空了,往下掉。他还没来得及说什么,她便把他的内裤扯了下来。私处一团棕色的毛发,他能感到边缘仿佛和他的手指尖,他的舌尖和大脑连接在一起。她已经转过去,在抚摸自己,一只手在两腿间摩擦,另一只手的手指在她的乳房上。等她转回来时,几乎是强迫性的:他的头撞到墙上,接着他们渐渐往下,他的一只手以某个角度被她的体重卡住了,他的气息在二人之间的空气中。她把她的脸放到他的双腿间,他能感到她舌头带来的突然的凉意。接着,他意识到她早就知道了。房间颠倒,倾斜,压缩了,直到他感到墙壁擦过他的额头,潮湿的角落被推入他的躯体。

| 农舍 |

　　我们应该待在河上；不该来这里的。你并不适应生活在房子里。你像动物园里的动物，在窗前踱步。我觉得自己无意中正在伤害你。好比一个孩子捡起一个鸡蛋，一不小心把它摔碎了。我多么希望自己知道该怎么办。自从我带你坐公交车回到这里，已经快一个月了，而我不知道这样的生活我们可以维持多久。我想让你泡澡，而你退缩了，蜷缩在卫生间的角落里哭泣。

　　"没事的。"我说道。

　　"有事，"你回答后接着说道，"操。"

　　"好吧。"

　　"狗屁，去你大爷的，胡说八道，去你的。"

我大笑,你露出震惊的神情,就跟小宝宝看到了从未见过的东西时一样。

"他妈的上帝啊。"我说道。

你瞪着我,抓着我的浴袍前襟抵住你瘦巴巴的胸口。我吸了一口气。

"狗日的,该死的,他妈的,下贱的。"

你也笑了出来,声音大得近乎喊叫。

"臭不要脸的、恶心的、乱搞的败类。"我说道,越说越响。我等着。

"骚货。"

"脑子有病的修女,婊子养的。"

"骚货。"

"傻屌和鸡巴。"

"放屁的牧师。"你说道。

我们都笑得太厉害,无法继续。你的腰弯得仿佛快折叠起来,两手握拳按着你的肚子。我不小心把一瓶沐浴露从浴缸一侧打翻了,我们又开始了新的一轮。当我站直了看你,你也停下了,正望着我。

"你笑什么呢?有什么那么好笑?"你说道,我感到一阵晕船似的恶心席卷而来。我努力想找到你,却找到了一个披着你的脸的另一个人。你嘟哝着。

"只是在逗你玩。"你说道,大笑起来,直到笑出眼泪。我的双臂环住你。我的双臂环住你,用最大的力气抱紧你。

第二天,你告诉我,你想聊聊你抛下的那个孩子。
"没关系的,妈妈。"我说道,"我就在这。"
你生气了。"不是你。不是你。"
你在笔记本里画了一张图,图里有船,正方形的窗户里有几张脸,边上的小路像马路一样。你把它举起来给我看。小路上,一个潦草的人形抬起她的双手,抱着一个圆柱形的襁褓中的孩子。我想和你吵架。我想告诉你,我不想听有关我自己的故事;我想知道马科斯和波纳客。你紧紧地抓着那张图,以至于边缘都弯曲了。你瘦了,几乎瘦在脸上。我试着回忆我有没有给你足够的食物。我不记得我上次吃或喝是什么时候,只记得自己在水龙头下掬水喝。你的神情越来越愤怒,双手紧握。
"好吧,"我说道,"好吧。你想告诉我什么,尽管说吧。"
"可以吗?"
"可以。"

| 萨拉 |

你三十岁。你有了新的重心,新的轨道:一个孩子,一个男人。两个词写在你头脑中的词典里:耐心、无私。你一天抽十根烟。你梦到巨大的湖泊,大到能容纳行星。

查理和孩子睡着时,你偷偷走到小路上。没有等,黑暗覆盖了一切。你一直待在外面,直到感觉到冷。透过船上薄薄的墙壁,你听到孩子在翻身,移动;快要醒了。更远处传来了声响。有什么在抓挠,翻动泥土。你凑近树篱。声音沿着小路传来,接着传到了船只的屋顶上。当孩子开始哭——并不怎么用力,但哭个不停——你听着,那东西也听着,它仍在坚实的黑暗中。你站着等它把自己臃肿的身体往下挤进烟囱,掉到下面的房间里。宝宝在你的床脚的摇篮里。它会嗅闻宝宝,叼住一叠毯子,用狡猾的爪子把孩子带走。你希望这件事快发生,趁你阻止自己之前。给某个事物命名具有强大的力量,最好是保持沉默。你把这个愿望塞回去,此后每天,你都在想"现在我要好好爱她"。

孩子十个月大,可还是——尽管查理鼓励引导——不愿学习爬行。她喜欢坐在桌边,吃香蕉或看查理给她从慈善商店带来的绘本或拼图。她靠屁股滑动,又或是往边上打滚,她的两条腿无意义地垂下,稍移动一点就要休息,似乎觉得这样就够了。

"那是一张什么图?"查理会这么问,而她抬起头,着迷似的,把脸贴到画册跟前。"加油,你能做到的。说爹—地。说小—船。试试看,说妈—妈。"他们俩都转头看你。"说河—流。说游—泳。"

早上,她哭着把你吵醒,你总是要听她哭好一阵,她哭得上气不接下气,两只小手在头顶握紧又放松。查理抱住她,把他的脸埋到柔软的肚子上。他抬头看你。带着责备。他们俩都是。他不明白。他自然而然地爱她。当孩子握住你的大拇指,以一种奇妙的力量握着时,你在想你怎么能承受。

你和查理用了近五个月的时间,终于想到了一个名字。他在那个星期里喜欢上什么,就叫她什么,比如他在河上看到的鸟——鹭、黑水鸡、小鸭——或者发音是他喜欢的词。有一个星期,他叫她"嘘",而她则好奇地看他。一天,他叫了她格蕾特尔,然后就这么一直叫了下去。你轻轻地对她说这个词,看这个词对她来说是否有归属感,她皱起眉毛,若有所思地看着你。

由你的愿想生出的生物就在船上。你不清楚它的形状和体积,只知道船里有一股以前从未有过的气味。有时候,你坐在宝宝边上,抬头一看,看到她渐渐僵硬,僵硬沿着她小小的肩膀往下蔓延,她的两眼聚焦在你肩膀上方,往她嘴边送的勺子中途停住。或者,在外边的纤道上,你会看到她盯着船,嘴巴往外噘,挥着两手想把臀部湿透的裤子赶走。仿佛她能闻到它,看到它。

有一次,你撞见她坐在卧室外的地板上,往黑漆漆的门廊打弹珠,一个接一个。

"谁给了她弹珠?我可没有。"

"老天。"查理一把抱起她,把脸贴住她圆鼓鼓的脸蛋,"我给的。你怎么回事?"

你想告诉他是这么一回事,你许了一个愿,愿望成真了。你就是知道,没有丝毫犹豫或疑惑。

查理没有看到,无法理解。晚上,他疲惫地坐在桌对面,说道:"它是你的波纳客。"

你看着他。"你在说什么呢?"你还生他的气;一股炽烈的、白色的怒火。他怎么能任由这种事发生?

"是你的恐惧。不管你以为你知道什么,那不是真的。它不存在。它是吓人的东西,捏造出来的,一个影子。它是波纳客。"

你不信他说的,但你点点头,握住他的手。这是你几个星期来第一次碰他。"你说得对。是的。你说得对。"你笑这个荒谬的词,"它是波纳客,仅此而已。"你让他带你去了卧室,再次进入他的轨道,围绕彼此运转。

一天夜里,你因为火车的声音睡不着觉。你抱起孩子抵着胯部,她没有吵闹。你把她抱到船外,走到结了霜的小路上。你的体内有石子、石块。如果你掉入水中,是会沉下去的。一轮半月、地壳,足够让人看见大腹便便的工厂,通往镇上的山坡,还有她望着你时的脸。"别怕。"你说道。你每走一步,她似乎就重了一分。

小路尽头,就在连通马路的桥的那头,几个喝醉的孩子偷了一个桶,把它翻倒了。你用手捡出最后的一些垃圾,让她伸出双臂,给她套上你带来的套头毛衣。她透过指缝看着你,查理有时会这么跟她玩。

"别怕。"你把她放入桶中;给她剥了一个橘子,递给她,给她讲了两个查理的谜语,直到她睡着。

你离开了,走到小路上。天色更暗了,工厂被掩盖起来,脏污的河水,外观一样的成片的房屋。你一直走,直到光线开始洒落在方形的屋顶上，漂着油花的水面上，穿过铁轨桥梁。你走着走着。你径直走出小镇，继续走，直到脚上生出水泡。接下来两天，你慢慢意识到自己做了什么。你难以相信自己竟然做出了这种事。你能看到她的小手，仰起的脸若有所思；她肉嘟嘟的腿伸到她的胸前。你离开了她。你抛弃了你的孩子。

那是一九八三年，有两个人在太空里待了二百一十一天，迄今为止最长的纪录。你明白他们的感受。你在另一间出租屋里洗了澡。每周在一家杂货店工作几天，为别人装购物袋。告诉你自己和任何问起的人，你不想他，那个教会你抽烟和做饭、喜欢做木工的船民。你不想他。你终究还是想他了。

令你惊讶的是——在一切发生之后——你不再喜欢陆地了。它让你紧张：水泥、篱笆、人行道和停车场的坚固。楼梯、地下室和走廊让你感到警惕。你发现自己在潮湿的半夜醒来，房间因为并不真实存在的水流而摇来晃去，你的脚被滑流冻得冰凉。发现自己在船坞附近转悠，垂涎闪亮的游艇，船上配有炉灶、四门烤箱和从墙上翻下来的床。那些你买不起。你不知道谁能买下。不过，只要努努力，你还是能买下船坞一头的一艘即将被拆解当垃圾卖的破船。

你驾驶着它一直走，直到发动机烧坏了。你喜欢你最后落脚的地方。这里的水流急，带着各种残骸，你看着它们快速流过。有一片泥泞的滩涂，你想象着——不过不会付诸实践——

在那里种植蔬菜。在那之后是树林。周围没有人烟。

在某个时间点，这里肯定还有一个男人。一个船民，路过，要去往其他地方，在这里待了一晚。他是谁并不重要。你没有在意。有一个男人，而且，过了一段时间，有了我。一开始并不明显，都没怎么去想。

等你意识到自己怀孕了，已经太迟了，什么都做不了了。你整夜无眠，想着孩子出生后你要做什么，想着你之前做得那么差劲，这次要怎么办。你认为这是惩罚。你以为地狱就是日复一日，困在某段时间里，没办法挣脱。

我在春天出生。我想那年春天和我之后在那里度过的每一个春天一样。晚上很冷，但天亮得早；地面上布满了可能会长成的东西，可能会来临的东西。你正卷起袖子做饭。你喊着我的名字，名字穿过古老的岁月颤动着来了，带着淤青和初生时的鲜血。一个用过的名字，一个总是让你想起另一个人的名字。格蕾特尔，你给我取名。格蕾特尔。

你把我绑在你的胸前，用一条围巾扎起头发，扫除锈迹和灰尘，直到你的双手像河岸附近的松树树干一样粗糙。你没有修理发动机，不过修补了坏掉的门和屋顶上的窗口。没有别人，只有你和我。我和那个丢了的孩子不一样。每天，你都会被提醒这一点。我指着我看到的每样东西。"树，"我说道，"树、船、水。"我刚学会走路，就学会跑了。我喜欢说话，写东西。你找来的每本书，我都会读。你找到了一块拼单词游戏板后，我一坐就是好几个小时，把字母片排列成越来越长的单词。你给了我一捆铁丝玩，等你再看时，我已经做了一种奇异的小装置，一个能在风里发出声音的风铃。

偶尔，你想到那个丢了的孩子。数着她的生日。努力把她记住。她的样子——她以前——记住那个时候。可是渐渐地，越来越难了。她不见了，一天早上你醒来时，甚至记不起她的脸。一天天过去，一年年曲折前进。记忆有一种消除的习惯，只保留必要的。你站在屋顶上卷烟，把烟叼在嘴里，但没有抽。冬季又来了。河流湍急，永不平静。

河流

萨拉、马科斯和格蕾特尔轮流守着。被水流带过的每一根树枝里,从堤坝冲刷下来的或匆匆流经船侧的水里,随处可见波纳客。它一直以来蜿蜒地穿过浅滩,挤入水闸两边的茂密的灌木丛里,爬上石头多而水少的地方。它来了,他想,仿佛他们快忘了的东西,他们本应该知道的东西。他想到萨拉的双手,带有皱纹,被热水烫得发红,他的皮肤被她的手指压住而发白。他想到他的父母,他们——虽然他并不知道——还在找他,在大雨后重新贴上有他照片的寻人启事,他们睡不着觉。他想到菲奥娜跟他说的他会做的事。萨拉来接班后,他睡在一堆毯子里。他的梦里有波纳客,它几乎是静止的。萨拉骑在它的背上,裸露的膝盖夹紧。水太浅了没法游时,她把它绕在她的脖子上,往前跨过石头。它的嘴张着，里面藏着他还没有发现的真相，他应该知道的事。他把手塞进它的嘴里，颌骨像老虎钳一样合上，包住他的手腕。

该他看守的时候，他睡着了，又醒了过来，船头船尾走了一遍以保持清醒，不停拍自己的脸颊，拍得脸都疼了才停下，咬住自己的舌头。树林间的雾气扩散了。他回到船里吃面包，她们停止说话，像看一个陌生人一样看他。他吃得很快，坐在冰冷的屋顶上。他两腿间的疼痛消失了，仿佛从来不曾有过。他周身的血液似乎流得缓慢，几乎没怎么到达手足。他看着天色变亮。他开始想象如果他们找到波纳客，他会做什么，他会去哪里。会有另一段旅途，另一段徒步。他觉得自己并不介意。

笼子处传来闸门下落的声音。他等着萨拉从船里出来，可她没有——他想，还没有听到。她可能睡着了。她们都睡了。他不想让她出来。他想让她安全。他笨手笨脚地向前，来到屋顶的边缘，费劲地想看清笼子里的状况。看不清。他从船沿往下，到了船侧木质水渠。他会下水；他会游到岸上，看看笼子里是什么东西。他会这么做，这样一来她就不必做了。他会这么做，因为他抛下了他的父母，因为他不确定那么做是正确的。他离水面很近，能感到它的冰冷，像一阵脉冲穿过他的脚踝。他下水。他的头在水面下，嘴里含着一口气。他很快迷失了空气的方向和他来时的方向。他再出水时,水流已经带着他走了一段距离,笼子不在他正前方,而是在他身后。他用力踢腿,对抗阻力,坏掉的那条腿冒出水面,没有起到什么作用。有时候,他觉得有什么东西漂过他身边,但只看到树叶、黄色的泡沫和一只挂住他的脚之后又漂走的塑料袋。水是冰冷的。一根树枝漂着撞到他身上,差点把他一起带走了。另一根树枝看上去太像波纳客,他下水,胡乱地摆动。水尝起来有泥巴、汽油和酵母的味道。菲奥娜与他同在,她长长的、纤细的发须。她能控制天气,烤的蛋糕没人愿意吃,她能预知将要发生的事。她躺在河底,不停喝着直到河水消失。"你会杀了你的父亲。"她喘上气后说道,"你会和你的母亲做爱。"

他浮出水面,踢水。河岸越来越近了,他感觉到他的脚下开始有了陆地。他离开了,他这么做了。他离开了,所以他不会做出菲奥娜口中他会做的事。他的双手突然感到捧满了东西,合不上了。这双手在抱起男人的尸体、把他投入水中时也是满的,捧着萨拉的脸和双脚时也是满的。

出水后比待在水里更冷。他的衣服沉甸甸的。雾笼罩着松树的基部,树干仿佛消失了。岸边的石头湿滑,一根粗壮的芦苇划过他的脸,他一边涉水,一遍看着水突然变红了。格蕾特尔应该告诉他,哪个词意味着知道的时候为时已晚;总之,他知道自己本该在进去前脱下靴子。他扯下一只靴子,看着水从里面泻下。他能感到下巴处的所有神经,像树与树之间捆扎的绳索一样绷紧了。他杀了查理。他和萨拉做爱了。

他沿着河岸，往笼子的方向走。它被放置在水边，他从笼子后方靠近。他的牙齿在嘴里打战。很安静，他想他是不是搞错了。他匍匐前进。他现在离笼子很近，他先前用草盖住了笼子，所以看不到里面。有什么东西在树上不停地叫。他把一团树枝移到一边。他想看看它。它难以想象；它会闯出笼子，扑向他。

可是，里面空空如也。笼门自己落下了。他转了一圈，全身扑在门上，想把门顶开，顶回原位，从而重新设置机关。河流就在他身后流过。淤泥很软；他的两脚陷了下去。他更加用力地用手臂去推笼门的边缘，感觉到门开始往上动了。

船那边传来一个声音。他回头看时，驳船看上去快要倒了，船的一侧在水里，系泊的索具在他的脚边绷紧了。萨拉已经来到屋顶上，正看着他。光线昏暗，他看不清她的脸。她的身体在黑暗中看着就像一把刀。

门的边缘从他的手里滑了出去，再一次砰地关上了。他不去管它，想转身看清萨拉，或许和她说上两句话。他会说什么呢？就在他面前，河流快速、自由地流动着。河岸高低不平，布满了坑眼。他的脚陷入淤泥，他一个踉跄，往笼子的反方向跌倒了，掉进了水里。他一头扎进了水流中。

水流立刻捕获了他，裹挟着他往下，远离河岸和捕兽装置。

水尝起来和她是一样的；指尖至指关节在他的嘴里。他闭上眼，可再睁眼时，并没有什么不同。他蹬脚，想往上游。他等着她过来。她看到他落水了。她会来找他的。空气从她的肺叶里传到他的，她冰凉的嘴张着贴住他冰凉的嘴。她会救他的，因为她是他的母亲。他只靠一条腿踢着，挣扎着向上，就快到了。可他以为能破水而出的地方，只有更多的水。气吐尽了，消失了。他睁大双眼，想找她的身体入水形成的白矮星爆炸似的水花。河里的残骸——随着水流流了几英里，连接着他的肋骨，拖着他走。更多的残骸用力地打在他的脸上，他觉得眼前有一阵让人睁不开眼的剧痛，这种疼痛随后被凉意带走了。黑漆漆的很舒服。他双手摸索着。她没有来。他正等她呢。河流把他卷到底下，困在底下。

水流迅速地就把他卷走了，一路带着他，离松树林越来越远。这条河叫伊希斯河，以前也卷走过尸体，一路卷着到达泰晤士河，接着又往海里去。融雪水和暴雨形成的水流飞快地带着他，翻滚着他，他一会脸朝下，一会仰躺着，对着有光线穿透的碎片般的水面。穿过一座座城市，迷失在防洪林里，接着再次上路。可能会有人发现他。坐在寒冷的室外、等待有鱼咬钩的渔夫。或者上下班路上，在一座安静的桥上抽根烟稍作停歇的人。可能找到他，把他拖出水，报警，而警察最终会找到罗杰和劳拉。他们一直都在等警察来电，会去我曾为了找你而去过的太平间。然后，这会改变一切，或者什么都无法改变。

可是，没人找到他。河流随心所欲地卷着他漂流，接着埋葬了他。

寻人

在河上,我和你坐在火边。

"我饿了。"你说道。

一段记忆正困扰着我。和菲奥娜吃饭的记忆立刻出现在我的大脑中,仿佛一个陌生人来到一扇厨房窗户前敲着窗。

"你听到我说的吗?我饿了。"

"我们马上就走。"我说道,"你想走吗?我在山上有栋农舍。我觉得你会喜欢的。"

你像看疯子一样看着我。"我们不能抛下他,"你说道,"我们不能让他一个人留在这里。"

我走到树林里,把你留在火边。我能闻到中餐的气味,听到菲奥娜的叉子刮蹭盘底,厨房里的主厨在电话上和人争吵的声音。菲奥娜快说完时,她顿住,双拳抵着自己的肋部,往后一坐。她看着我。"更好的办法是,"她说道,"让它死去。最好是让它在那里死去。"我坐在那里,等她接着说,可她耸耸肩,往前挪,开始告诉我罗杰生日那晚发生了什么。菲奥娜做了蛋糕,可那上面蜡烛的气味并没有升起。外卖点了春卷,但皮不够脆。每个人都是微醺的,空酒瓶堆在可回收垃圾桶里,从冰箱里的块状奶酪上随意切下的奶酪碎。"我看见马戈特在水槽边,背对着房间。她戴着黄色的家务手套,长长的头发扎了起来,露出她柔软的、可爱的脸。她的眼睛和你的一样。"那当然了。她的眼睛跟我的一样。菲奥娜在她身后,开始说话。她说:"你会杀了你的父亲。你会和你的母亲做爱。"

我在树林里蜷缩着,两手埋在松针里。我的舌头卡在喉咙里,我想向你大喊,可发不出声来。我能感到话语正从我的嘴边消失,正如你的情况一样。我能看到马戈特在那栋房子的厨房里。她隔着菲奥娜的肩膀,看着我。她是一个幽灵。我能感到她不愿散去的双手抚摸我的脸和双臂。她曾相信劳拉和罗杰是她的父母,她之所以离开是为了保护他们。我能感到我的嘴里有她的呼吸,她的拳头在我摊开的手上移动。然而,他们不是她的父母。我低头抵住地面。我能听到你在火边自言自语,偶尔停下,仿佛在听周围的动静,偶尔大笑,笑起来的样子是我不曾见过的。晕眩感像一片雾气一样消退。土地闻上去是潮湿的,像快要腐烂的蘑菇。我双手撑在地上,确信自己摸到了底下的昆虫和不断生长的根系。我坐正。灌木丛里听不到你的声音。我得把你带回农舍，那里有食物、水，还有一张床。我得决定该拿你怎么办，决定该拿自己怎么办。我站了起来，转过身。稀疏的松树林间有一道影子。我抬起一只手，遮住眼睛，而它则一个动作向前冲来，迅速地冲过平坦的陆地，壮实的腿用力蹬起，头仰起，尾巴在地面上前后划动。我往后退，没站稳。它来得迅猛，而在那一刻我明白，它想杀了我，把你留在河上，然后——你不知从哪里冒了出来，在你的头顶上方挥舞铲子，厉声发出某种喊杀声，向它猛扑过去，以至于波纳客——因为那是波纳客——在最后一刻转向，飞奔进树林里，而你追着它，不见了踪影。

我在你身后追赶。天似乎更冷了——和那年冬天一样——我脚下的土地十分坚硬。我以为我看到了马科斯在树林里疾驰。我追丢了你。我一直跑，直到撞上了铁丝网，铁丝网后是嵌在地里的铁轨，接着，我掉头回到了灌木丛。你不在那里。我不明白，你怎么能跑那么快。我再次来到树林。喊了又喊。我想我听到了回声的回应。松树在往后退，陆地也是。我先听到了河流声，之后才看到河流。你在水边，背向我，背弓着。你周边的土地湿淋淋的，水是铁锈的颜色。我感到自己的双脚开始在我的下方移动。我用来砸门进船的铲子就在你边上。金属沾上了鲜血。数十年来，这条河第一次安全了。我想象它没有反抗，它似乎觉得——过了那么久——它认识你。而你这么做是为了我。我往岸边走去。你正把粗糙、带鳞的皮从肉上剥离，用力全部拽了下来。它的腿短而结实，长了爪子；它的嘴长长的，有许多牙齿，尾巴消失在浑浊的水中，它的身体厚实、粗糙，而到了肚皮那里就不一样了，肚皮像打发的奶油一样白。你的手臂没入了波纳客的身体。我看着你——有那么一刻——似乎你正在变成它。似乎一直以来你就是它。

挖洞费了我不少时间。案头工作让我的手臂变得瘦弱，心脏猛跳。你已经剥了皮，正在水边把皮洗干净，像以前你处理我们从屠夫船上卸下的动物尸体一样刮鳞。我割开它，里面有器官、鲜血和肌肉，肌肉硬得我的小刀几乎切不进去。我挖好了洞。天开始变暗，像夏天那时候一样，渐渐地，悄悄来临。一只潜鸟叫了一声——在下游的水边——你也叫着回应。我生了火，火蹿上天空。树林似乎给出了所有我需要的东西，似乎它一直在等这一刻。火蹿过我的头顶。你走过来，坐在火边，伸手取暖。你把波纳客的皮围在肩膀上，它的嘴搁在你的头上，四肢缠着你。你看上去像杂交动物，结痂的膝盖凸起，一撮撮的白发像奇异的皮毛从波纳客松散的颌骨后露出来。我从尸体上切了一片肉，把肉串起来，看着它们变黑。我们轮流拿起一个个器官，像以前看百科全书一样好奇地掂量着器官的分量。大脑很小，泛青；肺部巨大；肝比心脏要大，但心脏太结实，我无法刺穿。我把心脏推进火中央的灰烬中。

　　我们徒手吃着。这让我想起我们过去常在船上吃的大餐，每当屠夫过来或有人路过时留下新的食物，南瓜或甜椒，面包和羊奶酪时。这让我想起和菲奥娜在餐厅吃饭，狼吞虎咽，仿佛她说出来的故事要用食物填满。食物里带着欢庆，也带着歉意、宽恕。肉很筋道，有些像我们以前吃的河里的鱼。血顺着我的手腕流下。黑暗下沉。我戳了戳火堆，让它烧得更旺。用树枝把心脏挖了出来。

八 开端

| 农舍 |

你坐在扶手椅上，头往后仰，手臂搭在扶手上，显出有棱有角的轮廓。窗外的雨正往下砸，外面的地积起了水。你只吃橙子，我给你一剥就是十几个。我给你倒水喝，你把杯子里的水全都倒在地板上。你嘴里说出马科斯的话或是我的话。我看着你沿着狭窄的纤道走，怀里抱着一个孩子，那个孩子不是我却和我叫同一个名字。透过船上的玻璃天窗，我看着两具肉体像硬币一样相互摩擦，不断重复。客厅的地板变得像河流一样起伏不定，而在那下面是肉体，我的或者马科斯的肉体，纠缠着，被一道水流带走。

我对你气昏了头。我发火，你要么安静地坐着，要么和我一起发火，砰地甩上厨房的门或把桌子上的东西打翻。我想着所有可以惩罚你的办法。不给你东西吃，不让你睡觉，开门，任你走失。你哭的时候，你的手臂环住我的脖子，挂着不放。你不是原来的你了。你不是做过那些事的那个人了。你不记得那种语言，而正是那种语言定义了你。你长了皱纹的脸用力贴住我的，两手乱抓我的衣服，想把我抱得更紧。你拍手时，天窗在两只手中间出现，光线射进我昏暗的客厅。

有几天早上，我狠下心来想只有某种古老的惩罚才能解恨，石刑或者挖眼珠，把你扔在野外给狼吃了。你告诉我说你并不知道，我们陷入沉默、想知道我们俩是否真的相信你说的。一次又一次，我反复想到，我们的思想和行动由我们脑内活跃的语言决定。想到或许过去发生的事是必然的，没有其他可能性。挨拂，嘘烟时间，哈比蠢货，斯普尔昂，糟乱，波纳客。波纳客，波纳客，波纳客。面包屑般的词汇。仿佛**波纳客**一直以来并非指我们害怕的东西，在水里的东西，而是意为警惕；有什么东西顺着河流来了。

我带你回来已经一个多月了。我们陷入僵持，一句话也不讲。彼此圈出自己的地盘活动，互不相犯：客厅是你的，卧室和厨房是我的；卫生间是你的。只要说话就意味着我们要讨论，而我们不愿那么做。讨论你做过的事，你和马戈特在一起时发生了什么。我做了炸鱼，趁你在洗澡，放到你的坐椅边上。一天，我在我的枕头上发现了一根吃了一半的巧克力条。又有一天，你打碎了橱柜里所有的碗，而我则跑到雨里，坐上公交车，进城，乱逛商店。站在出入口，等暴雨过去。发现我自己到了我们曾去过的超市。我确信等我回去时，你已经走了，但不知道对此会有什么感受。不过，你并没有走。你能去哪呢？我给你做了晚餐。你已经忘了我们在吵架，你摸了摸我的头发和手，告诉我你喜欢下雨，是不是？

　　第二天，我眼看着词汇离开了你。代词滑溜溜的，抓不住；宾语先行，这样一来你只需指出来或大喊一声，我就会把你想要的东西带来了。名字是早就记不住了。有些天，你说起曾经有过的孩子，可当我问起他们叫什么时，你答不上来或是不愿回答。我们玩小游戏，打发时间的游戏你玩得极度专注，我光是看你玩就头疼。左右，上下。这叫什么？几点了？现在是哪一年？我等着那些故事离开你。把它们忘了是最好的。所有你告诉我的。可它们就是不走，一遍又一遍从你体内涌出，你两手堵住嘴，想把它们堵住。屋子里装满了过往。马科斯冰冷的脸贴在雨水滑落的窗户上，在我刷牙时往镜子外张望，站在你的扶手椅旁。波纳客也在这里，在各个房间里，我们的头顶上窸窸窣窣移动，在浴缸里日渐衰弱。它有时长着你的眼睛，或是一双长腿，而不是尾巴。它有时长着皮毛，而不是鳞片，直立行走或仅仅是一个影子，几乎不存在。河流在客厅的一角转弯，惊扰了地板。树木顶穿潮湿的石膏板，它们的根系环绕住我们。夜里，有火车的声音。有几条平顶船摇摇晃晃，一个男人削了一个硬饵，大到足够钓上我们害怕的东西。不管那是什么。

"不用了，"你开始说话时，我向你说道，"你不用再说了。"

但你不由自主地要说，不愿停下，即便我往你的茶里偷偷放了安眠药，在手提电脑上放黑白电影分散你的注意力，和你聊词汇学的历史，或在地板上铺开拼图片给你玩。你的嘴大张着，话语不断地重复。

第二天，我下楼后，你已经把冰箱的电源拔了，把冷冻室里的所有东西都拿了出来，拆了包装，食物铺了一地。首先，我很冷静。我们做游戏，把散落的炸鱼条、素香肠、春卷和菠菜球收集起来。我告诉你，我们会跟以前一样吃一顿大餐，而你微微一笑，在我去打开烤箱时寸步不离地跟着我，帮我铺锡纸。我突然意识到这有多么简单，告诉你我们要烤一个用来做布丁的蛋糕。我走到橱柜前，拿出原料，而我转过身时，你的两条手臂到手肘处已经在发烫的烤箱里了。我大喊，你往后退，朝我靠近。你手臂上的皮肤时红色的，指关节已经起了水泡。我把你拖到水槽边，打开冷水龙头。你没有发出一丝声响。

"你在干吗？你怎么想的？"我发现自己喊了出来，两手抓着你烧伤的手臂，而你则张嘴望着我。我放手，你小跑着去了客厅。我关上烤箱，上楼，在床上躺下，听着啪啪下落的雨水声，闭上双眼。等我下楼时，你已经忘了刚发生的事，正站在我的书桌边，低头看索引卡，一副正事做到一半的模样。我在卫生间里找到了药膏，涂到你烫伤的地方。你看得很专注，以至于我清清喉咙，聊些有的没的，想分散你的注意力。

"是我做的吗？"你说道。

"是啊。不过没关系。"

自烤箱那件事后，你还在其他时候弄伤了自己。起初，这些事是——或看似——意外，只是你生病后果之一。你去挑旧的烫伤伤口，直到伤口流血；想放水泡澡，忘记加冷水；从最后几级台阶上摔下来，膝盖砸在地砖上，裂了。你一次又一次地去烤箱边上，想让烤架加热起来或把双手塞到里面。

"你在干吗？"

"看它热了没有。"

"好吧，拜托你别这样。"

你开始让人害怕地着迷于餐具抽屉里的小刀、桌子锐利的边缘、插座孔和吐司机。我把所有我能想到会伤到你或者你会像找酒一样拼命找的东西都藏到地下室，把它装满了。你不知道东西叫什么，但你知道想要哪一个，含混不清地说话或者抓住我，很苦恼的样子，动不动就发脾气。你停止进食。

我并不清楚这是怎么一回事，直到有一天我去卫生间——用好下楼时——发现你把脑袋浸在满是冰水的水槽里，水面有气泡，你紧紧抓着水槽两边，把自己往下压。我把你抬起来。

"你在干吗？你在干吗啊？"

你不肯回答，不高兴地瞪我。我用一块茶巾包住你的脑袋，过于用力地摩擦，直到你红着眼、头发潮湿地抬起头来看着我。

"我想，"你用这几天来最清醒的口气说道，"现在想忘记。"

我收起了医药橱柜里的药丸、水槽下的漂白剂、火柴、刮毛刀、剪刀和玻璃。我关了电和水。地下室没有门锁，所以我把所有东西带到小路尽头的垃圾箱去时，让你跟着我。你拒绝戴上帽子；雨水顺着你的头发和脸流下。就你看着我的样子，我无法辨别你是否明白我在做什么。

"你终究会忘记的。"我告诉你。不过，我对此并不确定。我的名字和你自己的名字，屋子里各种东西的名字，数字，一周七天，光与暗，日与夜：所有——时不时地——你似乎忘记了的东西。但马戈特和她的父亲的故事，波纳客和它从哪里来的故事，这些你一刻都没有忘记。

我们走回山上。泥巴溅在我们的小腿上。我牵着你的手，而你，默默地，让我牵着。

近乎恐怖的几天。发现你站在楼梯顶部，想往下摔。阻止你随便找一样东西，把你的手腕刮开。你做这些事的时候有一种淡然。一种让我最为害怕的平静。不论我什么时候看着你，你似乎都不耐烦，但一句话也不说。你叫我的名字，任自己被挪开，没有抵抗。你似乎知道得更多了；知道你在哪里，你是怎么过来的。你一遍又一遍告诉我过往的碎片,像是回声一样。"停下。"我跟你说,但你似乎无法停止。我不睡觉,因为你等我睡着后会爬上楼梯,走到窗口,想打开窗户。我想过打电话求助,但又觉得这么做是一种背叛。你是不会叫人来帮忙的。我用一段绳子把你和我系在一起,我们往一个方向拉,接着又往另一个方向。我强迫你进食。你呜呜抱怨,而后又安静了。词汇从你嘴中倾泻而出。你说的词组不像是你自己会说的,意义丰富。你告诉我,你在一切往事的开端。你告诉我,你的血是根源,你想忘记。我不知道如何回答。

雨下得更大了。山脚下的路发大水,我拿起电话时,甚至没有一声拨号声。窗外,我们能看到小溪变成了洪水,漫过泥泞的田地,水或许很深,如同我找到你时的那条往日的河。你吃坏东西了。我捧着你脑后稀疏的头发,从汗湿的脸上拨开。屋顶上河山上传来雨水的声响。我们在地板上打瞌睡。我梦到你走了,而我在一栋不一样的房子里。房子里有其他人,但他们的脸发灰,闪亮亮的,就像海豹的皮肤,我看不清他们的脸。梦里,我从未找到你,从不认识你,没有母亲,安静、顺从地生活着。梦里,我什么都不知道,除了平淡的日常:怎么洗碗碟或熨平衣服上的褶皱,怎么开车或寄信。我晚上睡得香,周末会出去吃早餐或开着自己的车,出去散步。有一条狗,长得像水獭,可以在水下屏息。

我睡着了，剩下你独自一人。卫生间的门大开。我大喊着找你。我找不到你。我大喊你的名字。我知道发生了什么。我在各个房间里跑进跑出。虽然我还没找到你，但我打电话叫了救护车。我报了地址，放下电话。我边喊边找，找不到你。我跑到外边。雨停了，水坑里、屋子脏脏的正前方和你的脸上都有阳光。你从你的床上拿了床单，把自己吊在窗户上。

我把床单割断，放你下来。死亡已经把你磨得光滑得像块石头。我两手抚摸你脸的一侧，你的额头，你的脚踝，你的肩膀，还有你的手腕。我想——坐在那里，抱着你的尸体——说些什么。好让故事结束。好让始于我们的事结束。然而，我和你待在一起那么久，却说不出一个词。最终，我将会起身，打开屋子的门和窗户，让它风干。

|农舍|

我们的出生地回到我们身边。它们伪装成话语、丢失的记忆和噩梦。出生地给我们的某些感觉，就像我们有时感到胸口压着一头动物而醒来，或是打开灯看见某个我们以为早就去世的人站在那里，看着我们。又是一年冬天。取暖器在早上发出嘎吱声，不应该结霜的那一面窗户结起了霜。我走去溪边时，水已经冻结了。电台播放着车祸、火车误点的消息。今年，我想念起住在河上的那些个冬天。寂静。我一直在等你回来。只有你一人。如果有谁的鬼魂会回来纠缠我，将是你的鬼魂。然而，房子里没有动静，如果你在这里，你没有说话。一想到会有年复一年、永无止境的冬天，这让人难以理解。你死了，随你走的是十多年的龃龉，缺乏沟通的沼泽，错过的生日，我二

十到三十岁之间的整个十年，我没有在场看到的切掉的乳房，马戈特以及她经历的所有事。我常常想到所有住在水里的死人。

　　我明白我必须继续生活。我回到办公室，在桌前办公。尝试和编词典的同事一起去喝酒，在一家叫狐与犬的酒吧里。我希望狗在这里。想过要领养一条。没有行动。好日子比坏日子多。不过，这么多就够了，不必再多。在坏日子里，我记起在河上时，一切都在下沉，没在浮沫里的半截水闸，树根和树木的肠子。而且我知道，在更上游的地方，那里像螺丝起子一样收窄；沿岸有发黄的泡沫，一只鹭在堤坝的隆隆声中站立，他仿佛在等待着什么。

| 致谢 |

在我写作此书的一年里,我的伴侣把一句话装裱起来,放在我的书桌上。那句话是我写的,但我不怎么信。是这么说的:我觉得这本书会是真的他妈的极好的。黛西·约翰逊。现在,这句话是一个提醒,提醒我不可能仅凭一己之力写出一本书。没有以下诸位,我不可能写出此书。

艾米莉·沙纳林,这本书大部分的编辑工作是在她小睡时做的,我希望有一天她读这本书的同时会知晓这一点。

阿历克斯·保尔,在一开始他就点头同意了这本书。

斯蒂夫、菲奥娜以及在格雷沃夫出版社的其他所有人。

感谢乔纳森·凯普出版社每一位的辛勤付出。尤其感谢阿娜、克莱尔、迈克尔、乔和苏珊。

克里斯·威尔贝洛夫和艾特肯·亚历山大公司的其他所

有人。

杰克·拉姆，他为这本书做的工作，以及我怀疑他也曾和我一样为这本书感到绝望。

感谢坐在桌对面的杰西、杰斯、劳拉和汉娜。

我不可能写下任何东西，如果不是因为他们：萨瓦特、基兰和汤姆。

感谢马特送我的装裱好的口号（开头说到的）。希望一直会有房车旅行。

感谢大杰克。感谢波利亚纳和杰克。感谢我的外祖母。

感谢我的父母，我为了他们写作。

感谢书商和书店。尤其感谢牛津的布莱克威尔书店。

感谢所有读过并向亲朋好友推荐过《沼泽》的人。感谢所有将会读这本书，并且（希望如此）会推荐这本书的人。

图书在版编目（CIP）数据

深水/(英) 黛西·约翰逊著；邹欢译. -- 上海：上海文艺出版社，2021
（黛西·约翰逊作品）
ISBN 978-7-5321-7862-9

Ⅰ.①深… Ⅱ.①黛… ②邹… Ⅲ.①长篇小说—英国—现代 Ⅳ.①I561.45
中国版本图书馆CIP数据核字(2020)第250043号

EVERYTHING UNDER by DAISY JOHNSON
Copyright: © DAISY JOHNSON 2018
This edition arranged with AITKEN ALEXANDER ASSOCIATES LTD
through BIG APPLE AGENCY, INC., LABUAN, MALAYSIA.
Simplified Chinese edition copyright:
2021 SHANGHAI LITERATURE AND ART PUBLISHING HOUSE
All rights reserved.
著作权合同登记图字：09-2019-121号

发 行 人：毕　胜
责任编辑：曹　晴
封面原图：Kustaa Saksi @ Dutch Uncle
封面设计：朱云雁

书　　名：深　水
作　　者：(英) 黛西·约翰逊
译　　者：邹　欢
出　　版：上海世纪出版集团　　上海文艺出版社
地　　址：上海市绍兴路7号　200020
发　　行：上海文艺出版社发行中心
　　　　　上海市绍兴路50号　200020　www.ewen.co
印　　刷：杭州锦鸿数码印刷有限公司
开　　本：890×1240　1/32
印　　张：8.875
插　　页：2
字　　数：110,000
印　　次：2021年7月第1版　2021年7月第1次印刷
I S B N：978-7-5321-7862-9/I.6235
定　　价：49.00元

告 读 者：如发现本书有质量问题请与印刷厂质量科联系　T:0512-52605406